郑振铎散文精选

·阅读，与最好的自己相遇·

郑振铎 著

为青少年读者
量身打造的经典读本

长江出版传媒 崇文书局

图书在版编目（CIP）数据

郑振铎散文精选：青少版 / 郑振铎著 . -- 武汉：崇文书局，2025.6. -- ISBN 978-7-5403-8206-3

Ⅰ . I266

中国国家版本馆 CIP 数据核字第 2025SF0140 号

责任编辑：曹　程
责任校对：侯似虎
责任印制：冯立慧

郑振铎散文精选：青少版
ZHENG ZHENDUO SANWEN JINGXUAN : QINGSHAOBAN

出版发行：长江出版传媒｜崇文书局

地　　址：武汉市雄楚大街 268 号 C 座 11 层
电　　话：(027)87677133　　邮政编码：430070
印　　刷：武汉市卓源印务有限公司
开　　本：640mm×900mm　　1/16
印　　张：11.75
字　　数：113 千
版　　次：2025 年 6 月第 1 版
印　　次：2025 年 6 月第 1 次印刷
定　　价：32.00 元

目录

生灵低语

乌黑的一身羽毛，

光滑漂亮，积伶积俐，

加上一双剪刀似的尾巴，

一对劲俊轻快的翅膀，

凑成了那样可爱的活泼的一只小燕子。

海燕

　　乌黑的一身羽毛，光滑漂亮，积伶积俐，加上一双剪刀似的尾巴，一对劲俊轻快的翅膀，凑成了那样可爱的活泼的一只小燕子。当春间二三月，轻飔微微地吹拂着，如毛的细雨无因的由天上洒落着，千条万条的柔柳，齐舒了它们的黄绿的眼，红的白的黄的花，绿的草，绿的树叶，皆如赶赴市集者似的奔聚而来，形成了烂漫无比的春天时，那些小燕子，那么伶俐可爱的小燕子，便也由南方飞来，加入了这个隽妙无比的春景的图画中，为春光平添了许多的生趣。小燕子带了它的双剪似的尾，在微风细雨中，或在阳光满地时，斜飞于旷亮无比的天空之上，唧的一声，已由这里稻田上，飞到了那边的高柳之下了。再几只却隽逸的在粼粼如縠纹的湖面横掠着，小燕子的剪尾或翼尖，偶沾了水面一下，那小圆晕便一圈一圈地荡漾了开去。那边还有飞倦了的几对，闲散地憩息于纤细的电线上，——嫩蓝的春天，几支木杆，几痕细线连于杆与杆间，线上是停着几个粗而有致的小黑点，那便是燕子，是多么有趣的一幅图画呀！还有一家家的快乐家庭，他们还特为我们的小燕子备了一个两个小巢，放在厅梁的最高处，假如这家有了一个匾额，那匾后便是小燕子最好的安巢之所。第一年，小燕子来住了，第二年，我们的小燕子，就是去年的一对，它们还要来住。

"燕子归来寻旧垒。"

还是去年的主，还是去年的宾，他们宾主间是如何的融融泄泄呀！偶然的有几家，小燕子却不来光顾，那便很使主人忧戚，他们邀召不到那么隽逸的嘉宾，每以为自己运命的蹇劣呢。

这便是我们故乡的小燕子，可爱的活泼的小燕子，曾使几多的孩子们欢呼着，注意着，沉醉着，曾使几多的农人们市民们忧戚着，或舒怀地指点着，且曾平添了几多的春色，几多的生趣于我们的春天的小燕子！

如今，离家是几千里！离国是几千里！托身于浮宅之上，奔驰于万顷海涛之间，不料却见着我们的小燕子。

这小燕子，便是我们故乡的那一对，两对么？便是我们今春在故乡所见的那一对，两对么？

见了它们，游子们能不引起了，至少是轻烟似的，一缕两缕的乡愁么？

海水是皎洁无比的蔚蓝色，海波是平稳得如春晨的西湖一样，偶有微风，只吹起了绝细绝细的千万个鳞鳞的小皱纹，这更使照晒于初夏之太阳光之下的、金光烂灿的水面显得温秀可喜。我没有见过那么美的海！天上也是皎洁无比的蔚蓝色，只有几片薄纱似的轻云，平贴于空中，就如一个女郎，穿了绝美的蓝色夏衣，而颈间却围绕了一段绝细绝轻的白纱巾。我没有见过那么美的天空！我们倚在青色的船栏上，默默地望着这绝美的海天；我们一点儿杂念也没有，我们是被沉醉了，我们是被带入晶天中了。

就在这时，我们的小燕子，二只，三只，四只，在海上出现了。它们仍是隽逸地从容地在海面上斜掠着，如在小湖面上一样；海水被它的似剪的尾与翼尖一打，也仍是连漾了好几圈圆晕。小小的燕子，浩莽的大海，飞着飞着，不会觉得倦么？不会遇着暴风疾雨么？我们真替它们担心呢！

小燕子却从容地憩着了。它们展开了双翼，身子一落，落在海面上了，双翼如浮圈似的支持着体重，活是一只乌黑的小水禽，在随波上下地浮着，又安闲，又舒适。海是它们那么安好的家，我们真是想不到。

在故乡，我们还会想象得到我们的小燕子是这样的一个海上英雄么？

海水仍是平贴无波，许多绝小绝小的海鱼，为我们的船所惊动，群向远处蹿去；随了它们飞蹿着，水面起了一条条的长痕，正如我们当孩子时之用瓦片打水漂在水面所划起的长痕。这小鱼是我们小燕子的粮食么？

小燕子在海面上斜掠着，浮憩着。它们果是我们故乡的小燕子么?

啊,乡愁呀,如轻烟似的乡愁呀!

猫

　　我家养了好几次猫，结局总是失踪或死亡。三妹是最喜欢猫的，她常在课后回家时，逗着猫玩。有一次，从隔壁要了一只新生的猫来。花白的毛，很活泼，常如带着泥土的白雪球似的，在廊前太阳光里滚来滚去。三妹常常的，取了一条红带，或一根绳子，在它面前来回地拖摇着，它便扑过来抢，又扑过去抢。我坐在藤椅上看着他们，可以微笑着消耗过一两小时的光阴，那时太阳光暖暖地照着，心上感着生命的新鲜与快乐。后来这只猫不知怎地忽然消瘦了，也不肯吃东西，光泽的毛也污涩了，终日躺在厅上的椅下，不肯出来。三妹想着种种方法逗它，它都不理会。我们都很替它忧郁。三妹特地买了一个很小很小的铜铃，用红绫带穿了，挂在它颈下，但只显得不相称，它只是毫无生意地、懒惰地、郁闷地躺着。有一天中午，我从编译所回来，三妹很难过地说道："哥哥，小猫死了！"

　　我心里也感着一缕的酸辛，可怜这两月来相伴的小侣！当时只得安慰着三妹道："不要紧，我再向别处要一只来给你。"

隔了几天，二妹从虹口舅舅家里回来，她道，舅舅那里有三四只小猫，很有趣，正要送给人家。三妹便怂恿着她去拿一只来。礼拜天，母亲回来了，却带了一只浑身黄色的小猫同来。立刻三妹一部分的注意，又被这只黄色小猫吸引去了。这只小猫较第一只更有趣、更活泼。它在园中乱跑，又会爬树，有时蝴蝶安详地飞过时，它也会扑过去捉。它似乎太活泼了，一点儿也不怕生人，有时由树上跃到墙上，又跑到街上，在那里晒太阳。我们都很为它提心吊胆，一天都要"小猫呢？小猫呢"地查问得好几次。每次总要寻找了一回，方才寻到。三妹常指它笑着骂道："你这小猫呀，要被乞丐捉去后才不会乱跑呢！"我回家吃午饭，总看见它坐在铁门外边，一见我进门，便飞也似的跑进去了。饭后的娱乐，是看它在爬树。隐身在阳光隐约里的绿叶中，好像在等待着要捕捉什么似的。把它抱了下来。一放手，又极快地爬上去了。过了两三个月，它会捉鼠了。有一次，居然捉到一只很肥大的鼠，自此，夜间便不再听见讨厌的吱吱的声了。

某一日清晨，我起床来，披了衣下楼，没有看见小猫，在小园里找了一遍，也不见。心里便有些亡失的预警。

"三妹，小猫呢？"

她慌忙地跑下楼来，答道："我刚才也寻了一遍，没有看见。"

　　家里的人都忙乱地在寻找，但终于不见。

　　李妈道："我一早起来开门，还见它在厅上。烧饭时，才不见了它。"

　　大家都不高兴，好像亡失了一个亲爱的同伴，连向来不大喜欢它的张妈也说："可惜，可惜，这样好的一只小猫。"

　　我心里还有一线希望，以为它偶然跑到远处去，也许会认得归途的。

　　午饭时，张妈诉说道："刚才遇到隔壁周家的丫头，她说，早上看见我家的小猫在门外，被一个过路的人捉去了。"

　　于是这个亡失证实了。三妹很不高兴地，咕噜着道："他们看见了，为什么不出来阻止？他们明晓得它是我家的！"

　　我也怅然地，愤恨地，在诅骂着那个不知名的夺去我们所爱的东西的人。

　　自此，我家好久不养猫。

　　冬天的早晨，门口蜷伏着一只很可怜的小猫，毛色是花白的，但并不好看，又很瘦。它伏着不去。我们如不取来留养，至少也要为冬寒与饥饿所杀。张妈把它拾了进来，每天给它饭吃。但大家都不大喜欢它，它不活泼，也不像别的小猫之喜欢顽游，好像是具着天生的忧郁性似的，连三妹那样爱猫的，对于它，也不加注意。如此地，过了几个月，它在我家仍是一只若有若无的动物，它渐渐地肥胖了，但仍不活泼。大家在廊前晒太阳闲谈着时，它也常来蜷伏在母亲或三妹的足下。三妹有时也逗着它玩，但并没有对于前几只小猫那样感兴趣。有一天，它因夜里冷，钻到火炉底下去，毛被烧脱好几块，更觉得难看了。

春天来了，它成了一只壮猫了，却仍不改它的忧郁性，也不去捉鼠，终日懒惰地伏着，吃得胖胖的。

这时，妻买了一对黄色的芙蓉鸟来，挂在廊前，叫得很好听。妻常常叮嘱着张妈换水，加鸟粮，洗刷笼子。那只花白猫对于这一对黄鸟，似乎也特别注意，常常跳在桌上，对鸟笼凝望着。

妻道："张妈，留心猫，它会吃鸟呢。"

张妈便跑来把猫捉了去，隔一会儿，它又跳上桌子对鸟笼凝望着了。

一天，我下楼时，听见张妈在叫道："鸟死了一只，一条腿没有了，笼板上都是血。是什么东西把它咬死的？"

我匆匆跑下去看，果然一只鸟是死了，羽毛松散着，好像它曾与它的敌人挣扎了许久。

我很愤怒，叫道："一定是猫，一定是猫！"于是立刻便去找它。

妻听见了，也匆匆地跑下来，看了死鸟，很难过，便道："不是这猫咬死的还有谁？它常常对鸟笼望着，我早就叫张妈要小心了。张妈！你为什么不小心？"

张妈默默无言，不能有什么话来辩护。

于是猫的罪状证实了。大家都去找这可厌的猫，想给它以一顿惩戒。找了半天，却没找到。我以为它真是"畏罪潜逃"了。

三妹在楼上叫道："猫在这里了。"

它躺在露台板上晒太阳，态度很安详，嘴里好像还在吃着什么。我想，它一定是在吃着这可怜的鸟的腿了，一时怒气冲天，拿起楼门旁倚着的一根木棒，追过去打了一下。它很悲楚地叫了一声"咪呜！"便逃到屋瓦上了。

我心里还愤愤的，以为惩戒得还没有快意。

隔了几天，李妈在楼下叫道："猫，猫！又来吃鸟了。"同时我看见一只黑猫飞快地逃过露台，嘴里衔着一只黄鸟。我开始觉得我是错了！

我心里十分地难过，真的，我的良心受伤了，我没有判断明白，便妄下断语，冤苦了一只不能说话辩诉的动物。想到它的无抵抗的逃避，益使我感到我的暴怒，我的虐待，都是针，刺我的良心的针！

我很想补救我的过失，但它是不能说话的，我将怎样地对它表白我的误解呢？

两个月后，我们的猫忽然死在邻家的屋脊上。我对于它的亡失，比以前的两只猫的亡失，更难过得多。

我永无改正我的过失的机会了！

自此，我家永不养猫。

苦鸦子

　　乌鸦是那么黑丑的鸟，一到傍晚，便成群结阵地飞于空中，或三两只栖于树下，"苦呀！苦呀"地叫着，更使人起了一种厌恶的情绪。虽然中国许多抒情诗的文句，每每地把鸦美化了。如"寒鸦数点""暮鸦栖未定"之类，读来未尝不觉其美，等到一听见其声，思想的美感却完全消失了，心上所有的只是厌恶。

　　在山中也与在城市中一样，免不了鸦的打扰。太阳的淡金色光线，弱了，柔和了，暮霭渐渐地朦胧地如轻纱似的幔罩于冈峦之腰、田野之上，西方是血红的一个大圆盘悬在地平上，四边是金彩斑斓的云霞，点染在半天；工作之后，躺在藤榻上，有意无意地领略着这晚霞天气的图画。经过了这样静谧的生活的，准保他一辈子不会忘了，至少是要在城市的狭室中不时想起的。不幸这恬静可爱的山中的黄昏，却往往为"苦呀！苦呀"的鸦声所乱。

　　有一天，晚餐吃得特别的早；几个老婆子趁着太阳光未下山，把厨房中盆碗等物都收拾好了，便也上楼靠在红栏杆上闲谈。

"苦呀！苦呀！"几只乌鸦栖在对面一株大树上，正朝着我们此唱彼和地歌叫着。

"苦鸦子！我们乡下人总说它是嫂嫂变的。"汤妈说。

江妈接着道："我们那里也有这话。婆婆很凶，姑娘又会挑嘴，弄得嫂嫂常常受婆婆的气，还常常地打她，男人又一年间没有几时在家。有一次，她把米饭从后门给了些叫花的；她姑娘看见了，马上去告诉她的娘。还挑拨地说：'嫂嫂常常把饭给人家。'于是婆婆生了大气，用后门的门闩，没头没脑地打了她一顿，她浑身是伤，气不过，就去投河。却为邻居看见了救起，把她湿淋淋地送回家。她婆婆姑娘还骂她假死吓诈人。当夜，她又用衣带把自己吊死在床前了。过了几个月，她男人回家，他的娘却淡淡地说，她得病死了。但她的灵魂却变了乌鸦，天天在屋前树上'苦呀！苦呀'地叫着。"

"做人家媳妇实在不容易。"江妈接着说，"像我们那里媳妇吃苦的真不少！"

汤妈说："可不是！前半年在少爷家里用的叶妈还不是苦到无处说！一天到晚打水、烧饭、劈柴、种田、摘豆子。她婆婆还常常的叽里咕噜骂她。碰到丈夫好些的，也还好，有地方说说。她的丈夫却又是牛脾气，好赌。输了，总拿她来出气，打得呀，浑身是伤！有一次，她给我看，一身的青肿，半个月一个月还不会退。好容易来帮人家，虽然劳碌些，比在家里总算是好得多了。一月三块半工钱，一个也不能少，都要寄回家。她丈夫还时时来找她要钱！她说起来常哭！上一次，她不是辞了回家么？那是她丈夫为了赌钱的事，被人家打伤了，一定要她回去服侍。这一向都没有信来，问她乡里人也不知道。这一半年总不见得会出来了。"

江妈道："汤奶奶你是好福气！说是童养媳，婆婆待你比自己的女儿还好。男人又肯干，家里积的钱不少了，去年不是又买了几亩田么？你真可以回去享福了，汤奶奶！"

"哪里的话！我们哪里说得上享福两个字！我们的婆婆待我可真不差，比自己的姆妈还好！"

这时，一声不响的刘妈插嘴道："汤奶奶待她婆婆也真是好；自己的娘病，还不大挂心，听说她婆婆有什么难过，就一定要回去看看的了！上次她婆婆还托人带了大棉袄给她，真是疼她！"

汤妈指着刘妈向江妈道："她真可怜！人是真好，只可惜有些太老实，常给人欺负。她出来帮人家也是没法的。她家里不是少吃的、穿的，只是她婆婆太厉害了，不是打，就是骂，没有一天有好日子过。自从她男人死了，婆婆更恨她入骨，说她是克夫。她到外边来，赛如在天堂上！"

刘妈一声不响地听着她在谈自己的身世。栏杆外面乌鸦还是一声"苦呀！苦呀"在叫着，夜色已经成了深灰色了。

"刘妈，天黑了，怎么还不点灯？天天做的事都会忘了么！"她主妇的声音，严厉地由后房传出。

"噢，来了！"刘妈连忙地答应，慌慌张张地到后面去了。

"真作孽，像她这样的人，到处要给人欺负。"江妈说，"还好，她是个呆子，看她一天到晚总是嘻嘻的笑脸。"

"不！"汤妈说，"别看她呆头呆脑的；她和我谈起来，时时的落泪呢。有一次，给她主妇大骂了一顿以后，她便跑到自己房里痛哭。到了夜里，我睡时，还听见她在呜咽地抽泣！"

想不到刘妈是这样的一个人，自到山中来后，我们每以她为乐天的痴呆人，往往地拿她来取笑，她也从没有发怒过，谁晓得她原是这样的一个"苦鸦子"！

这时，黑夜已经笼罩了一切。江妈说："我也要去点灯了。"

"苦呀，苦呀"的乌鸦已经静止，大约它们是栖定在巢中了。

鸬鹚与鱼

夕阳的柔红光，照在周围十余里的一个湖泽上，没有什么风，湖面上绿油油的像一面镜似的平滑。一望无垠的稻田。垂柳松杉，到处点缀着安静的景物。有几只渔舟，在湖上碇泊着。渔人安闲地坐在舵尾，悠然地在吸着板烟。船头上站立着一排士兵似的鸬鹚，灰黑色的，喉下有一大囊鼓突出来。渔人不知怎样的发了一个命令，这些水鸟们便都扑扑地钻没入水面以下去了。

湖面被冲荡成一圈圈的粼粼小波。夕阳光跟随着这些小波浪在跳跃。

鸬鹚们陆续地钻出水来，上了船。渔人忙着把鸬鹚们喉囊里吞装着的鱼，一只只地用手捏压出来。

鸬鹚们睁着眼望着。

平野上炊烟四起，袅袅地升上晚天。

渔人拣着若干尾小鱼，逐一地抛给鸬鹚们吃，一口便咽了下去。

　　提起了桨，渔人划着小舟归去。湖面上剌着一条水痕。鹈鹕们士兵似的齐整地站立在船头。

　　天色逐渐暗了下去。湖面又平静如恒。

　　这是一幅很静美的画面，富于诗意，诗人和画家都要想捉住的题材。

　　但隐藏在这静美的画面之下的，却是一个惨酷可怖的争斗，生与死的争斗。

　　在湖水里生活着的大鱼小鱼们看来，渔人和鹈鹕们都是敌人，都是蹂躏它们，置它们于死的敌人。

　　但在鹈鹕们看来，究竟有什么感想呢？

　　鹈鹕们为渔人所喂养，发挥着它们捕捉鱼儿的天性，为渔人干着这种可怖的杀鱼的事业。它们自己所得的却是那么微小的酬报！

　　当它们兴高采烈地钻没入水面以下时，它们只知道捕捉、吞食，越多越好。它们曾经想到过：钻出水面，上了船头时，它们所捕捉、所吞食的鱼儿们依然要给渔人所逐一捏压出来，自己丝毫不能享用的么？

　　它们要是想到过，只是作为渔人的捕鱼的工具，而自己不能享用时，恐怕它们便不会那么兴高采烈地在捕捉、在吞食吧。

　　渔人却悠然地坐在船艄，安闲地抽着板烟，等待着鹈鹕们为他捕捉鱼儿。一切的摆布，结果，都是他事前所预计着的。难道是"运命"在拨弄着的么，渔人总是在"收着渔人之利"的；鹈鹕们天生地要为渔人而捕捉、吞食鱼儿；鱼儿们呢，仿佛只有被捕捉、被吞食的份儿，不管享用的是鹈鹕们或是渔人。

在人间，在沦陷区里，也正演奏着鹈鹕们的"为他人作嫁衣裳"的把戏。

当上海在暮影笼罩下，蝙蝠们开始在乱飞，狐兔们渐渐地由洞穴里爬了出来时，敌人的特工人员（后来是"七十六号"里的东西），便像夏天的臭虫似的，从板缝里钻出来找"血"喝。他们先拣肥的，有油的、多血的人来吮、来咬、来吃。手法很简单：捉了去，先是敲打一顿，乱踢一顿——掌颊更是极平常的事——或者吊打一顿，然后对方的家属托人出来说情。破费了若干千万，喂得他们满意了，然后才有被释放的可能。其间也有清寒的志士们只好挺身牺牲。但不花钱的人恐怕很少。

某君为了私事从香港到上海来，被他们捕捉住，作为重庆的间谍看待。囚禁了好久才放了出来。他对我说：先要用皮鞭抽打，那尖长的鞭梢，内里藏的是钢丝，抽一下，便深陷在肉里去，抽了开去时，留下的是一条鲜血痕。稍不小心，便得受一掌、一拳、一脚。说时，他拉开裤脚管给我看，大腿上一大块伤痕，那是敌人用皮靴狠踢的结果。他不说明如何得释，但恐怕不会是很容易的。

那些敌人的爪牙们，把志士们乃至无数无辜的老百姓们捕捉着、吞食着。且偷、且骗、且抢、且夺的，把他们的血吮着、吸着、喝着。

爪牙们被喂得饱饱的，肥头肥脑的，享受着有生以来未曾享受过的"好福好禄"。所有出没于灯红酒绿的场所，坐着汽车疾驰过街的，大都是这些东西。

有一个坏蛋中的最坏的东西，名为吴世宝的，出身于保镖或汽车夫之流，从不名一钱的一个街头无赖，不到几时，洋房有了，而且不止一所；汽车有了，而且也不止一辆；美妾也有了，而且也不止一个。有一个传说，说他的洗澡盆是用银子打成的，金子熔铸的食具以及其他用具，不知有多少。

他享受着较桀纣还要舒适奢靡的生活。

金子和其他的财货一天天的多了，更多了，堆积得恐怕连他自己也不知其数。都是从无辜无告的人那里榨取偷夺而来的。

怨毒之气一天天的深，有无数的流言怪语在传播着。

群众们侧目而视，重足而立；"吴世宝"这三个字，成为最恐怖的"毒物"的代名词。

他的主人（敌人），觉察到民怨沸腾到无可压制的时候，便一举手地把他逮捕了，送到监狱里去。他的财产一件件地被吐了出来——不知到底吐出了多少。等到敌人，他的主人觉得满意了，而且说情的人也渐渐多了，才把他释放出来。但在临释的时候，却唆使猁狗咬断了他的咽喉。他被护送到苏州养伤，在受尽了痛苦之后，方才死去。

这是一个最可怖的鹈鹕的下场。

敌人博得"惩"恶的好名，平息了一部分无知的民众的怨毒的怒火，同时却获得了吴世宝积恶所得的无数掳获物，不必自己去搜括。

这样的效法喂养鹈鹕的渔人的办法，最为恶毒不过。安享着无数的资产，自己却不必动一手，举一足。

鹈鹕们一个个地上场，一个个地下台。一时意气昂昂，一时却又垂头丧气。

然而没有一个狐兔或臭虫视此为前车之鉴的。他们依然地在搜括、在捕捉、在吞食，不是为了他们自己，却是为了他们的主人。

他们和鹈鹕们同样地没有头脑，没有灵魂，没有思想。他们一个个走上了同样的没落的路，陷落在同一的悲惨的运命里。然而一个个却都踊跃地向坟墓走去，不徘徊，不停步，也不回头。

蝉与纺织娘

你如果有福气独自坐在窗内，静悄悄的没一个人来打扰你，一点钟、两点钟地过去，嘴里衔着一支烟，躺在沙发上慢慢地喷着烟云，看它一白圈一白圈地升上，那么在这静境之内，你便可以听到那墙角阶前的鸣虫的奏乐。

那鸣虫的作响，真不是凡响；如果你曾听见过曼杜令的低奏，你曾听见过一支洞箫在月下湖上独吹着；你曾听见过红楼的重幔中透漏出的弦管声，你曾听见过流水淙淙地由溪石间流过，或你曾倚在山阁上听着飒飒的松风在足下拂过，那么，你便可以把那如何清幽的鸣虫之叫声想象到一二了。

虫之乐队，因季候的关系而颇有不同，夏天与秋令的虫声，便是截然的两样。蝉之声是高旷的，享乐的，带着自己满足之意的；它高高地栖在梧桐树或竹枝上，迎风而唱，那是生之歌——生之盛年之歌，那是结婚曲——那是中世纪武士美人的大宴时的行吟诗人之歌。无论听了那叽——叽——的漫长声，或叽格——叽格——的较短声，都可同样地受到一种轻快的美感。秋虫的鸣声最复杂。但无论纺织娘的咶嘎，蟋蟀的唧唧，金铃子之叮令，还有无数无数不可名状的秋虫之鸣声，其音调之凄抑却都是一样的；它们唱的是秋之歌，是暮年之歌，是薤露之曲。它们的歌声，是如秋风之扫落叶，怨妇之奏琵琶。孤峭而幽奇，清远而凄迷，低徊而愁肠百结。你如果是一个孤客，独宿于荒郊逆旅，一盏荧荧的油灯，对着一张板床，一张木桌，一两张硬板凳，再一听见四壁唧唧知知的虫声间作，那你今夜便不用再想稳稳地安睡了，什么愁情、乡思，以及人生之悲感，都会一串一串地从根儿勾引起来，在你心上翻来覆去，如白老鼠在戏笼中走轮盘一般，一上去便不用想下来憩息。如果你不是一个客人，你有家庭，你有很好的太太，你并没有什么闲愁胡想，那么，在你太太已睡之后，你想在书房中静静地写些东西时，这唧唧的秋虫之声却也会无端地窜入你的心里，翻掘起你向不曾有过的一种凄感呢。如果那一夜是一个月夜，天井里统是银白色，枯秃的树影，一根一条地很清朗地印在地上，那么你的感触将更深了。那也许就是所谓悲秋。

　　秋虫之声，大都在蝉之夏曲已告终之后出现，那正与气候之寒暖相应。但我却有一次奇异的经验；在无数的纺织娘之鸣声已来了之后，却又听得满耳的蝉声。我想我们的读者中有这种经验的人是必不多的。

　　我在山中，每天听见的只有蝉声，鸟声还比不上。那时天气是很热，即在山上，也觉得并不凉爽。正午的时候，躺在廊前的藤榻上，要求一点的凉风，却见满山的竹树梢头，一动也不动，看看足底下的花草，也都静静地站着，如老僧入了定似的。风扇之类既得不到，只好不断地用手巾来拭汗，不断地在摇挥那纸扇了。在这时候，往往有几缕的蝉声在槛外鸣奏着。闭了目，静静地听了它们在忽高忽低，忽断忽续，此唱彼和，仿佛是一大阵绝清幽的乐阵在那里奏着绝清幽的曲子，炎热似乎也减少了，然后，蒙眬地蒙眬地睡去了，什么都不觉得。良久，良久，清梦醒来时，却又是满耳的蝉声。山中的蝉真多！绝早的清晨，老妈子们和小孩子们常去抱着竹竿乱摇一阵，而一只两只的蝉便要跟随了朝露而落到地上了。每一个早晨，在我们滴翠轩的左近，至少是百只以上之蝉是这样的被捉。但蝉声却并不减少。

常常的，一只蝉两只蝉，叽的一声，飞入房内，如平时我们所见的青油虫及灯蛾之飞入一样。这也是必定被人所捉的。有一天，见有什么东西在槛外倒水的铅斗中咯笃咯笃地作响，俯身到槛外一看，却又是一只蝉，这当然又是一个俘虏了。还有好几次，在山脊上走时，忽见矮林丛中有什么东西在动，拨开林丛一看，却也是一只蝉。它是被竹枝竹叶挡阻住了不能飞去。我把它拾在手中。同行的心南先生说："这有什么稀奇，放走了它吧，要多少还怕没有！"我便顺手把它向风中一送，它悠悠扬扬地飞去很远很远，渐渐地不见了。我想不到这只蝉就在刚才是地上拾了来的那一只！

初到时，颇想把它们捉几个寄到上海去送送人。有一次，便托了老妈子去捉。她在第二天一早，果然捉了五六只来放在一个大香烟纸盒中，不料给依真一见，她却吵着，带强迫地要去。我又托那个老妈子去捉。第二天，又捉了四五只来。依真的纸盒中却只剩下两只活的，其余的都死了。到了晚上，我的几只，也死了一半。因此，寄到上海的计划遂根本地打消了。从此以后，便也不再托人去捉，自己偶然捉来的，也都随手地放去了。那样不经久的东西，留下了它干什么用！不过孩子们却还热心地去捉。依真每天要捉至少三只以上用细绳子缚在铁杆上。有一次，曾有一只蝉居然带了红绳子逃去了；很长的一根红绳子，拖在它后面，在风中飘荡着，很有趣味。

半个月过去了；有的时候，似乎蝉声略少，第二天却又多了起来。虽然是叽——叽——地不息地鸣着，却并不觉喧扰；所以大家都不讨厌它们。我却特别地爱听它们的歌唱，那样的高旷清远的调子，在什么音乐会中可以听得到！所以我每以蝉声将绝为虑，时时地干涉孩子们的捕捉。

到了一夜，狂风大作，雨点如从水龙头上喷出似的，向槛内廊上倾倒。第二天还不放晴。再过一天，晴了，天气却很凉，蝉声乃不再听见了！全山上在鸣唱着的却换了一种咭嘎——咭嘎——的急促而凄楚的调子，那是纺织娘。

"秋天到了。"我这样地说着，颇动了归心。

　　再一天，纺织娘还是咭嘎咭嘎地唱着。

　　然而，第三天早晨，当太阳晒得满山时，蝉声却又听见了！且很不少。我初听不信；叽——叽——叽格——叽格——那确是蝉声！纺织娘之声却又潜踪了。

　　蝉回来了，跟它回来的是炎夏。从箱中取出的棉衣又复放入箱中。下山之计遂又打消了。

　　谁曾于听了纺织娘歌声之后再听见蝉的夏曲呢？这是我的一个有趣的经验。

蝴蝶①

　　春送了绿衣给田野，给树林，给花园；甚至于小小的墙隅屋角，小小的庭前阶下，也点缀着新绿。就是油碧色的湖水，被春风粼粼地吹动，山间的溪流也开始淙淙汩汩地流动了；于是黄的、白的、红的、紫的、蓝的以及不能名色的花开了，于是黄的、白的、红的、黑的以及不能名色的蝴蝶们，从蛹中苏醒了，舒展着美的耀人的双翼，栩栩在花间，在园中飞了；便是小小的墙隅屋角，小小的庭前阶下，只要有新绿的花木在着的，只要有什么花舒放着的，蝴蝶们也都栩栩地来临了。

　　蝴蝶来了，偕来的是花的春天。

　　当我们在和暖宜人的阳光底下，走到一望无际的开放着金黄色的花的菜田间，或杂生着不可数的无名的野花的草地上时，大的小的蝴蝶们总在那里飞翔着。一刻飞向这朵花，一刻飞向那朵花，便是停下了，双翼也还在不息不住地扇动着。一群儿童们嬉笑着追逐

———————————
① 本文节选自《蝴蝶的文学》一文，题目为编者加。

在它们之后，见它们停下了，便悄悄地蹑足走近，等到他们走近时，蝴蝶却又态度闲暇地舒翼飞开。

呵，蝴蝶！它便被追，也并不现出匆急的神气。

——日本俳句，我乐作

在这个时候，我们似乎感得全个宇宙都耀着微笑，都泛溢着快乐，每个生命都在生长，在向前或向上发展。

时光旅人

"古"与"今"，

古老的文化和社会主义的工业建设，

结合得如此的巧妙，如此的吻合无间，

正足以表现我们中国是一个很古老的国家，

同时又是一个很年轻的国家。

塔山公园

由滴翠轩到了对面网球场，立在上头的山脊上，才可以看到塔山；远远地，远远地，见到一个亭子立在一个最高峰上，那就是所谓塔山公园了。到山的第三天的清早，我问大家道："到塔山去好吗？"

朝阳柔黄地满山照着，鸟声细碎地啁啾着，正是温凉适宜的时候，正是游山最好的时候。

大家都高兴去走走，但梦旦先生说，不一定要走到塔山，恐怕太远，也许要走不动。

缓缓地由林径中上了山；仿佛只有几步可以到顶上了，走到那处，上面却还有不少路，再走了一段，以为这次是到了，却还有不少路。如此的，"希望"在前引导着，我们终于到山脊。然后，缓缓地，沿山脊而走去。这山脊是全个避暑区域中最好的地方。两旁都是建造得式样不同的石屋或木屋，中间一条平坦的石路，随了山势而高起或低下。空地不少，却不像山下的一样，粗粗地种了几百株竹，它们却是以绿绿的细草铺盖在地上，这里那里地置了几块大石当作椅子，还有不少挺秀的美花奇草，杂植于平铺的绿草毡上。我们在那里，见到了优越的人为淘汰的结果。

一家一家的楼房构造不同，一家一家的园花庭草，亦布置得不同。在这山脊上走着，简直是参观了不少的名园。时时的，可于屋角的空隙见到远远的山峦，见到远远的白云与绿野。

走到这山脊的终点，又要爬高了，但梦旦先生有些疲倦了，便坐在一块界石上休息，没有再向前走的意思。

大家围着这个中途的界石而立着，有的坐在石阶上。静悄悄的还没有一个别的人，只有早起的乡民，满头是汗地挑了赶早市的东西经过这里，送牛奶面包的人也有几个经过。

大家极高兴地在那里谈天说地，浑忘了到塔山去的目的。太阳渐渐地高了，热了，心南看了手表道："已经九点多了。快回去吃早餐吧。"

大家都立了起来，拍拍背后的衣服，拍去坐在石上所沾着的尘土，而上了归途。

下午，我的工作完了，便向大家道："现在到塔山去不去呢？"

"好的。"擘黄道，"只怕高先生不能走远道。"

高先生道："我不去，你们去好了。我要在房里微睡一下。"

于是我和心南、擘黄同去了。

到塔山去的路是很平坦的。由山后的一条很宽的泥路走去，后面的一带风景全可看到。山石时时有人在丁丁地伐采，可见近来建造别墅的人一天天的多了，连山后也已有了几家住户。

塔山公园的区域，并不很广大，都是童山，杂植着极小极小的竹树，只有膝盖的一半高。还有不少杂草，大树木却一株也没有。将到亭时，山势很高峭，两面石碑，立在大门的左右，是叙这个公园的缘起，碑字已为风雨所侵而模糊不清，后面所署的年月，却是宣统二年（1910）。据说，近几年来，亭已全圮，最近才有一个什么督办，来山避暑，提倡重修。现在正在动工。到了亭上，果有不少工匠在那里工作，木料灰石，堆置得凌乱不堪。亭是很小的，四周的空地也不大，却放了四组的水门汀建造的椅桌，每组二椅一桌，以备游人野餐之用。亭的中央，突然地隆起了一块水门汀建的高丘，活像西湖西冷桥畔重建的小青墓。也许这也是当桌子用的，因为四周也是水门汀建的亭栏，可以给人坐。

再没有比这个亭更粗陋而不谐和的建筑物了，一点式样也没有，不知是什么东西，亭不像亭，塔不像塔，中不是中，西不是西，又不是中西的合璧，单直可以说是一无美感，一无知识者所设计的亭子。如果给工匠们自己随意去设计，也许比这样的式子更会好些。

所谓公园者，所谓亭子者不过如此！然而这是我们中国人在莫干山所建筑的唯一的公共场所。

亏得地势占得还不坏。立在亭畔，四面可眺望得很远。莫干山的诸峰，在此一一可以指点得出来，山下一畦一畦的田，如绿的绣毡一样，一层一层，由高而低，非常地有秩序。足下的冈峦，或起或伏，或趋或耸，历历可指，有如在看一幅地势实型图。

太阳已经渐渐地向西沉下，我们当风而立，略略地有些寒意。

那边有乌云起了，山与田都为一层阴影所蔽，隐隐地似闻见一阵一阵的细密的雨声。

"雨也许要移到这边来了，我们走吧。"

这是第一次的到塔山。

第二次去是在一个绝早的早晨，人是独自一个。

在山上，我们几乎天天看太阳由东方出来。倚在滴翠轩廊前的红栏杆上，向东望着，我们便可以看到一道强光四射的金线，四面都是斑斓的彩云托着，在那最远的东方。渐渐地，云渐融消了，血红血红的太阳露出了一角，而楼前便有了太阳光。不到一刻，而朝阳已全个地出现于地平线上了，比平常大，比平常红，却是柔和的，新鲜的，不刺目的。对着了这个朝阳而深深地呼吸着，真要觉得生命是在进展，真要觉得活力是已重生。满腔的朝气，满腔的希望，满腔的愉意，满腔的跃跃欲试的工作力！

怪不得晨鸟是要那样地对着朝阳婉转地歌唱着。

常常地在廊前这样地看日出。常常地移了椅子在阳光中，全个身子都浸没在它的新光中。

也许到塔山那个最高峰去看日出，更要好呢。泰山之观日出不是一个最动人的景色么？

一天，绝早，天色还黑着，我便起身，胡乱地洗漱了一下，立刻起程到塔山。天刚刚有些亮，可以看见路。半个行人也没有遇见。一路上急急地走着，屡次地回头看，看太阳已否升起。山后却是阴沉沉的。到了登上了塔山公园的长而多级的石阶时，才看见山头已有金黄色，东方是已经亮晶晶的了。

风呼呼地吹着，似乎要从背后把你推送上山去。愈走得高风愈大，真有些觉得冷栗，虽然是在六月，且穿上了夹衣。

飞快地飞快地上山，到了绝顶时，立刻转身向东望着，太阳却已经出来了，圆圆的红血的一个，与在廊前所见的一模一样，眼界并不见得因更高而有所不同。

在金黄的柔光中浸溶了许久许久才回去，到家还不过八时。

第三次，又到了塔山，是和心南先生全家去的，居然用到了水门汀的椅桌，举行了一次野餐会。离第一次到时，只有半个月，这里仿佛因工程已竣之故，到的人突多起来。空地上垃圾很不少，也无人去扫除。每个人下山时都带了不少只苍蝇在衣上帽上回去。沿路费了不少驱逐的工夫。

北平

你若是在春天到北平，第一个印象也许便会给你以十分的不愉快。你从前门东车站或西车站下了火车，出了站门，踏上了北平的灰黑的土地上时，一阵大风刮来，刮得你不能不向后倒退几步；那风卷起了一团的泥沙；你一不小心便会迷了双眼，怪难受的；而嘴里吹进了几粒细沙在牙齿间萨拉萨拉地作响。耳朵壳里，眼缝边，黑马褂或西服外套上，立刻便都积了一层黄灰色的沙垢。你到了家，或到了旅店，得仔细地洗涤了一顿，才会觉得清爽些。

"这鬼地方！那么大的风，那么多的灰尘！"你也许会很不高兴地诅咒地说。

风整天整夜地呼呼地在刮，火炉的铅皮烟囱，纸的窗户，都在乒乒乓乓地相碰着，也许会闹得你半夜睡不着。第二天清早，一睁眼，呵，满窗的黄金色，你满心高兴，以为这是太阳光，你今天将可以得一个畅快的游览了。然而风声还在呼呼地怒吼着。擦擦眼，拥被坐在床上，你便要立刻懊丧起来。那黄澄澄的，错疑作太阳光的，却正是漫天漫地地吹刮着的黄沙！风声吼吼的还不曾歇气。你也许会懊悔来这一趟。

但到了下午，或到第三天，风渐渐地平静起来。太阳光真实地黄亮亮地晒在墙头，晒进窗里。那份温暖和平的气息儿，立刻便会鼓动了你向外面跑跑的心思。鸟声细碎地在鸣叫着，大约是小麻雀儿的唧唧声居多。——碰巧，院子里有一株杏花或桃花，正含着苞，浓红色的一朵朵，将放未放。枣树的叶子正在努力地向外崛起。——北平的枣树那么多，几乎家家天井里都有个一株两株的。柳树的柔枝儿已经是透露出嫩嫩的黄色来。只有硕大的榆树上，却还是乌黑的秃枝，一点什么春的消息都没有。

你开了房门，到院子里，深深地吸了一口气。啊，好新鲜的空气，仿佛在那里面便挟带着生命力似的。不由得不使你神清气爽。太阳光好不可爱。天上干干净净的没有半朵浮云，俨然是"南方秋天"的样子。你得知道，北平当晴天的时候，永远的那一份儿"天高气爽"的晴明的劲儿，四季皆然，不独春日如此。

太阳光晒得你有点暖得发慌。"关不住了！"你准会在心底偷偷地叫着。

你便准得应了这自然之招呼而走到街上。

但你得留意，即使你是阔人，衣袋里有充足的金洋银洋，你也不应摆阔，坐汽车。被关在汽车的玻璃窗里。你便成了如同被蓄养在玻璃缸的金鱼似的无生气的生物了。你将一点也享受不到什么。

汽车那么飞快地冲跑过去，仿佛是去赶什么重要的会议。可是你是来游玩，不是来赶会。汽车会把一切自然的美景都推到你的后面去。你不能吟味，你不能停留，你不能称心如意地欣赏。这正是猪八戒吃人参果的勾当。你不会蠢到如此的。

北平不接受那么摆阔的阔客。汽车客是永远不会见到北平的真面目的。北平是个"游览区"。天然地不欢迎"走车看花"——比走马看花还煞风景的勾当——的人物。

那么，你得坐"洋车"——但得注意：如果你是南人，叫一声黄包车，准保个个车夫都不理会你，那是一种侮辱，他们以为。（黄包，北音近于王八。）或酸溜溜地招呼道"人力车"，他们也不会明白的。如果叫到"胶皮"，他们便知道你是从天津来的，准得多抬些价。或索性洋气十足的，叫到"力克夏"，他们便也懂，但却只能以"毛"为单位地给车价了。

"洋车"是北平最主要的交通物。价廉而稳妥，不快不慢，恰到好处。但走到大街上，如果遇见一位漂亮的姑娘或一位洋人在前面车上，碰巧，你的车夫也是一位年轻力健的小伙子，他们赛起车来，那可有点危险。

干脆，走路，倒也不坏。近来北平的路政很好，除了冷街小巷，没有要人、洋人住的地方，还是"无风三尺土，有雨一街泥"之外，其余冲要之区，确可散步。

出了巷口，向皇城方面走，你便将渐入佳景的。黄金色的琉璃瓦在太阳光里发亮光，土红色的墙，怪有意思地围着那"特别区"。入了天安门内，你便立刻有应接不暇之感。如果你是聪明的，在这里，你必得跳下车来，散步地走着。那两支白石盘龙的华表，屹立在中间，恰好烘托着那一长排的白石栏杆和三座白石拱桥，表现出很调和的华贵而苍老的气象来，活像一位年老有德、饱历世故、火气全消的学士大夫，没有丝毫的火辣辣的暴发户的讨厌样儿。春冰方解，一池不浅不溢的春水，碧油油的可当一面镜子照。正中的一座拱桥的三个桥洞，映在水面，恰好是一个完全的圆形。

你过了桥，向北走。那厚厚的门洞也是怪可爱的（夏天是乘风凉最好的地方）。午门之前，杂草丛生，正如一位不加粉黛的村姑，自有一种风趣。那左右两排小屋，仿佛将要开出口来，告诉你以明清的若干次的政变和若干大臣、大将雍雍锵锵地随驾而出入。这里也有两支白色的华表，颜色显得黄些，更觉得苍老而古雅。无论你向东走，或向西走——你可以暂时不必向北进端门，那是历史博物馆的入门处，要购票的。——你可以见到很可愉悦的景色。出了一道门，沿了灰色的宫墙根，向西北走，或向东北走，你便可以见到护城河里的水是那么绿得可爱。太庙或中山公园后面的柏树林是那么苍苍郁郁的，有如见到深山古墓。和你同道走着的，有许多走得比你还慢，还没有目的的人物；他们穿了大袖的过时的衣服，足上蹬着古式的鞋，手上托着一只鸟笼，或臂上栖着一只被长链锁住的鸟，懒懒散散地在那里走着。有时也可遇到带着一群小哈巴狗的人，有气势地在赶着路。但你如果到了东华门或西华门而折回去时，你将见他们也并不曾往前走，他们也和你一样地折了回去。他们是在这特殊幽静的水边溜达着的！溜达，是北平人生活的主要的一部分；他们可以在这同一的水边，城墙下，溜达整个半天，天天如此，年年如此，除了刮大风，下大雪，天气过于寒冷的时候。你将永远猜想不出，他们是怎样过活的。你也许在幻想着，他们必定是没落的公子王孙，也许你便因此凄怆地怀念着他们的过去的豪华和今日的沦落。

啪的一声响，惊得你一大跳，那是一个牧人，赶了一群羊走过，长长的牧鞭打在地上的声音。接着，一辆一九三四年式的汽车呜呜地飞驰而过。你的胡思乱想为之撕得粉碎。——但你得知道，你的凄怆的情感是落了空。那些臂鸟驱狗的人物，不一定是没落的王孙，他们多半是以驯养鸟狗为生活的商人们。

你再进了那座门，向南走。仍走到天安门内。这一次，你得继续地向南走。大石板地，没有车马的经过，前面的高大的城楼，作为你的目标。左右全都是高及人头的灌木林子。在这时候，黄色的迎春花正在盛开，一片的喧闹的春意。红刺梅也在含苞。晚开的花树，枝头也都有了绿色。在这灌木林子里，你也许可以徘徊个几小时。在红刺梅盛开的时候，连你的脸色和衣彩也都会映上红色的笑影。散步在那白色的阔而长的大石道，便是一种愉快。心胸阔大而无思虑。昨天的积闷，早已忘了一干二净。你将不再对北平有什么诅咒。你将开始发生留恋。

你向南走，直走到前门大街的边沿上，可望见东西交民巷口的木牌坊，可望见你下车来的东车站或西车站，还可望见屹立在前面的很宏伟的一座大牌楼。乱纷纷的人和车，马和货物；有最新式的汽车，也有最古老的大车，简直是最大的一个运输物的展览会。

你站了一会儿，觉得看腻了，两腿也有点发酸了，你便可以向前走了几步，极廉价地雇到一辆洋车，在中山公园口放下。

这公园是北平很特殊的一个中心。有过一个时期，当北海还不曾开放的时候，它是北平唯一的社交的集中点。在那里，你可以见到社会上各种各样的人物。——当然无产者是不在内，他们是被几分大洋的门票摈在园外的。你在那里坐了一会儿，立刻便可以招致了许多熟人。你不必家家拜访或邀致，他们自然会来。当海棠盛开时，牡丹、芍药盛开时，菊花盛开时的黄昏，那里是最热闹的上市的当儿。茶座全塞满了人，几乎没有一点空地。一桌人刚站起来，立刻便会有候补的挤了上去。老板在笑，伙计们也在笑。他们的收入是如春花似的繁多。直到菊花谢后，方才渐渐地冷落了下来。

你坐在茶座上，舒适地把身体堆放在藤椅里，太阳光满晒在身上，棉衣的背上，有些热起来。前后左右，都有人在走动，在高谈，在低语。坛上的牡丹花，一朵朵总有大碗粗细。说是赏花，其实，眼光也是东溜西溜的。有时，目无所瞩，心无所思的，可以懒懒地待在那里，整整地待个大半天。

一阵和风吹来，遍地白色的柳絮在团团地乱转，渐渐成一个球形，被推到墙角。而漫天飞舞着的棉状的小块，常常扑到你面上，强塞进你的鼻孔。

如果你在清晨来这里，你将见到有几堆的人，老少肥瘦俱齐，在大树下空地上练习打太极拳。这运动常常邀引了患肺痨者去参加，而因此更促短了他们的寿命。而这时，这公园里也便是肺痨病者们最活动的时候。瘦得骨立的中年人们，倚着杖，蹒跚地在走着——说是呼吸新鲜的空气——走了几步，往往咳得伸不起腰来，有时，咔的一声，吐了一大块浓痰在地上。为了这，你也许再不敢到这园来。然而，一到了下午，这园里却仍是拥挤着人。谁也不曾想到天天清晨所演的那悲剧。

园后的大柏树林子，也够受糟蹋的。茶烟和瓜子壳，熏得碧绿的柏树叶子都有点显出枯黄色来，那林子的寿命，大约也不会很长久。

和中山公园的热闹相陪衬的是隔不几十步的太庙的冷落。不知为了什么，去太庙的人到底少。只有年轻的情人们，偶尔一对两对的避人到此密谈。也间有不喜追逐在热闹之后的人，在这清静点的地方散步。这里的柏树林，因为被关闭了数百年之后，而新被开放之故，还很顽健似的，巢在树上的"灰鹤"也还不曾搬家他去。

太庙所陈列的清代各帝的祭殿和寝宫，未见者将以为是如何的辉煌显赫，如何的富丽堂皇，其实，却不值一看，一色黄缎绣花的被褥衣垫，并没有什么足令人羡慕。每张供桌上所列的木雕的杯碗及烛盘等，还不如豪富人家的祖先堂的讲究。从前读一明人笔记，书上说，到明孝陵参观上供，见所供者不过冬瓜汤等极淡薄贱价的菜。这里在皇帝还在宫中时，祭供时，想也不过如此。是帝王和平民，不仅坟墓里同为枯骨，即所馨享的也不过如此如此而已。

你在第二天可以到北城去游览一趟，那一边值得看的东西很不少。后门左近有国子监、钟楼及鼓楼。钟鼓楼每县都有之，但这里，却显得异常的宏伟。国子监，为从前最高的学府，那里边，藏有石鼓——但现在这著名的石鼓却已南迁了。由后门向西走，有什刹海；相传《红楼梦》所描写的大观园就在什刹海附近。这海是平民的夏天的娱乐场。海北，有规模极大的冰窖一区。海的面积，全都是稻田和荷花荡。（北平人的养荷花是一业，和种水稻一样。）夏天，荷花盛开时，确很可观。倚在会贤堂的楼栏上，望着骤雨打在荷盖上，那喷人的荷香和沙沙的细碎的响声，在别处是闻不到、听不到的。如果在芦席棚搭的茶座上听着，虽显得更亲切些，却往往棚顶漏水，而水点落在芦席上，那声音也怪难听的，有喧宾夺主之感。最佳的是夏已过去，枯荷满海，什刹海的闹市已经收场，那时，如果再到会贤堂楼上，倚栏听雨，便的确不含糊地有"留得残荷听雨声"之妙，不过，北平秋天少雨，这境界颇不易逢。

什刹海的对面，便是北海的后门。由这里进北海，向东走，经过澄心斋、松坡图书馆、仿膳、五龙亭，一直到极乐世界，没有一个地方不好。唯惜五龙亭等处，夏天人太闹。极乐世界已破坏得不堪，没有一尊佛像能保得不断腿折臂的。而北海之饶有古趣者，也只有这个地方。那个地方，游人是最少进去的。如果由后面向南走，你便可以走到北海董事会等处，那里也是开放的，有茶座，却极冷落。在五龙亭坐船，渡过海——冬天是坐了冰船滑过去——便是一个圆岛，四面皆水，以一桥和大门相通。

岛的中央，高耸着白塔。依山势的高下，随意布置着假山、庙宇、游廊、小室，那曲折的工程很足供我们作半日游。

如果，在晴天，倚在漪澜堂前的白石栏杆上，静观着一泓平静不波的湖水，受着太阳光，闪闪地反射着金光出来，湖面上偶然泛着几只游艇，飞过几只鹭鸶，惊起一串的呷呷的野鸭，都足够使你留恋个若干时候。但冬天，那是最坏的时候了，这场面上将辟为冰场，红男绿女们在那里奔走驰驶，叫闹不堪。你如果已失去了少年的心，你如果爱清静，爱独游，爱默想，这场面上你最好不必出现。

出了北海的前门，向西走，便是金鳌玉蝀桥。这座白石的大桥。隔断了中南海和北海。北海的白日，如画地映在水面上，而中南海的万善殿的全景，也很清晰地可看到。中南海本亦为公园，今则又成了"禁地"。只有东部的一个小地方，所谓万善殿的，是开放着。这殿很小，游人也极冷落，房室却布置得很好。龙王堂的一长排，都是新塑的泥像，很庸俗可厌。但你要是一位细心的人，你便可在一个殿旁的小室里，发见了倚在墙角无人顾问的两尊木雕的菩萨像。那形态面貌，无一处不美，确是辽金时代的遗物；然一尊则双臂俱折，一尊则腔部只剩了半边。谁还注意到他们呢？报纸上却在鼓吹着龙王堂的神像塑得有精神，为明代的遗物，却不知那是民国三四年间的新物！仍由中南海的后门走出，那斜对过便是北平图书馆，这绿琉璃瓦的新屋，建筑费在一百四十万以上，每年的购物费则不及此数之十二。旧书是并合了方家胡同京师图书馆及他处所藏的，新书则多以庚款购入。在中国可称是最大的图书馆。馆外的花园，邻于北海者，亦以白色栏杆围隔之；唯为廉价之水门汀所制成，非真正的白石也。

由北平图书馆再过金鳌玉蝀桥，向东走，则为故宫博物院。由神武门入院，处处觉得寥寂如古庙，一点生气都没有。想来，在还是"帝王家"的时代，虽聚居了几千宫女、太监们在内，而男旷女怨，也必是"戾气"冲天的。所藏古物，重要者都已南迁，游人们因之也寥落得多。

神武门的对门是景山。山上有五座亭，除当中最高的一亭外，多被破坏。东边的山脚，是崇祯自杀处。春天草绿时，远望景山，如铺了一层绿色的绣毡，异常的清嫩可爱。你如果站在最高处，向南望去，宫城全部，俱可收在眼底。而东交民巷使馆区的无线电台，东长安街的北京饭店，三条胡同的协和医院都因怪不调和而被你所注意。而其余的千家万户则全都隐藏在万绿丛中，看不见一瓦片，一屋顶，仿佛全城便是一片绿色的海。不到这里，你无论如何不会想象得到北平城内的树木是如何的繁密；大家小户，哪一家天并不有些绿色呢。你如站在北面望下时，则钟鼓楼及后门也全都耸然可见。

三大殿和古物陈列所总得耗费你一天的工夫。从西华门或从东华门入，均可。古物陈列所因为古物运走得太多，现在只开放武英殿，然仍有不少好东西。仅李公麟《击壤图》便足够消磨你半天。那人物，几乎没有一个没精神的，姿态各不相同，却不曾有一懈笔。

三大殿虽空无所有，却宏伟异常。在殿廊上，下望白石的"丹墀"，不能不令你想到那过去的充满了神秘气象的"朝廷"和叔孙通定下的"朝仪"的如何能够维持着常在的神秘的尊严性。你如果富于幻想，闭了眼，也许还可以如见那静穆而紧张的随班朝见的文武百官们的精灵的往来。这时有很舒适的茶座。坐在这里，望着一列一列的雕镂着云头的白石栏杆和雕刻得极细致的陛道，是那样的富丽而明朗的美。

你还得费一二天工夫去游南城。出了前门，便是商业区和会馆区。从前汉人是不许住在内城的，故这南城或外城，便成了很重要的繁盛区域。但现在是一天天地冷落了。却还有几个著名的名胜所在，足供你的流连、徘徊。西边有陶然亭，东边有夕照寺、拈花寺和万柳堂。从前都是文士们雅集之地。如今也都败坏不堪，成为工人们编麻索、织丝线之地。所谓万柳也都不存一株。只有陶然亭还齐整些。不过，你游过了内城的北海、太庙、中山公园，到了这些地方，除了感到"野趣"之外，也便全无所得的了。你或将为汉人们抱屈；在二十几年前，他们还都只能局促于此一隅。而内城的一切名胜之地，他们是全被摈斥在外的。别看清人诗集里所歌咏的是那么美好，他们是不得已而思其次的呢！

而现在，被摈斥于内城诸名胜之外的，还不依然是几十百万人么？

南城的娱乐场所，以天桥为中心。这个地方倒是平民的聚集之所；一切民间的玩意儿，一切廉价的旧货物，这里都有。

先农坛和天坛也是极宏伟的建筑。天坛的工程尤为浩大而艰巨，全是圆形的；一层层的白石栏杆，白石阶级，无数的参天的大柏树，包围着一座圆形的祭天的圣坛。坛殿的建筑，是圆的，四围的阶级和栏杆也都是圆的。这和三大殿的方整，恰好成一最有趣的对照。在这里，在大树林下徘徊着，你也便将勾引起难堪的怀古的情绪的。

这些，都只是游览的经历。你如果要在北平多住些时候，你便要更深刻地领略到北平的生活了。那生活是舒适、缓慢、吟味、享受，却绝对的不紧张。你见过一串的骆驼走过吗？安稳、和平，一步步地随着一声声叮当叮当的大颈铃向前走；不匆忙，不停顿；那些大动物的眼里，表现的是那么和平而宽容，负重而忍辱的性情。这便是北平生活的象征。

和这些宏伟的建筑，舒适的生活相对照的，你不要忘记掉，还有地下的黑暗的生活呢。你如果有一个机会，走进一所"杂合院"

里，你便可见到十几家老少男女紧挤在一小院落里住着的情形：孩子们在泥地上爬，妇女们是脸多菜色，终日含怒抱怨着，不时地，有咳嗽的声音从屋里透出。空气是恶劣极了；你如不是此中人，你便将不能作半日留。这些"杂合院"便是劳工、车夫们的居宅。有人说，北平生活舒服，第一件是房屋宽敞，院落深沉，多得阳光和空气。但那是中产以上的人物的话，百分之八九十以上的人口，是住着醒龊的"杂合院"里的，你得明白。

更有甚的，在北城和南城的僻巷里，听说，有好些人家，其生活的艰苦较住"杂合院"者为尤甚，常有一家数口合穿一裤或一衣的。他们在地下挖了一个洞。有一人穿了衣裤出外了，家中裸体的几人便站在其中。洞里铺着稻草或破报纸，借以取暖。这是什么生活呢！

年年冬天，必定有许多无衣无食的人，冻死在道上。年年冬天，必定有好几个施粥厂开办起来。来就食的，都是些可怕的窘苦的人们。然也竟有因为无衣而不能到粥厂来就吃的！

"九渊之下，更有九渊。"北平的表面，虽是冷落破败下去，尚未减都市之繁华。而其里面，却想不到是那样的破烂、痛苦、黑暗。

终日徘徊于三海公园乃至天桥的，不是罪人是什么！而你，游览的过客，你见了这，将有动于中，而快快地逃脱出这古城呢，还是想到"我不入地狱谁入地狱"一类的话呢？

黄昏的观前街

　　我刚从某一个大都市归来。那一个大都市，说得漂亮些，是乡村的气息较多于城市的。它比城市多了些乡野的荒凉况味，比乡村却又少了些质朴自然的风趣。疏疏的几簇住宅，到处是绿油油的菜圃，是蓬蒿没膝的废园，是池塘半绕的空场，是已生了荒草的瓦砾堆。晚间更是凄凉。太阳刚刚西下，街上的行人便已"寥若晨星"。在街灯如豆的黄光之下，踽踽地独行着，瘦影显得更长了，足音也格外的寂寥。远处野犬，如豹地狂吠着。黑衣的警察，幽灵似的扶枪立着。在前面的重要区域里，仿佛有"站住""口号"的呼叱声。我假如是喜欢都市生活的话，我真不会喜欢到这个地方；我假如是喜欢乡间生活的话，我也不会喜欢到这个所在。我的天！还是趁早走了吧。（不仅是"浩然"，简直是"凛然有归志"了！）

　　归程经过苏州，想要下去，终于因为舍不得抛弃了车票上的未用尽的一段路资，蹉跎地被火车带过去了。归后不到三天，长个子的樊与矮而美髯的孙，却又拖了我逛苏州去。早知道有这一趟走，还不中途而下，来得便利么?

我的太太是最厌恶苏州的，她说舒舒服服地坐在车上，走不了几步，却又要下车过桥了。我也未见得十分喜欢苏州；一来是，走了几趟都买不到什么好书，二来是，住在阊门外，太像上海，而又没有上海的繁华。但这一次，我因为要换换花样，却拖他们住到城里去。不料竟因此而得到了一次永远不曾领略到的苏州景色。

我们跑了几家书铺，天色已经渐渐地黑下来了，樊说："我们找一个地方吃饭吧。"饭馆里是那么样的拥挤，走了两三家，才得到了一张空桌。街上已上了灯。楼窗的外面，行人也是那么样的拥挤。没有一盏灯光不照到几堆子人的，影子也不落在地上，而落在人的身上。我不禁想起了某一个大城市的荒凉情景，说道："这才可算是一个都市！"

这条街是苏州城繁华的中心的观前街。玄妙观是到过苏州的人没有一个不熟悉的；那么粗俗的一个所在，未必有胜于北平的隆福寺，南京的夫子庙，扬州的教场。观前街也是一条到过苏州的人没有一个不曾经过的；那么狭小的一道街，三个人并列走着，便可以不让旁的人走，再加之以没头苍蝇似的乱钻而前的人力车，或箩或桶的一担担的水与蔬菜，混合成了一个道地的中国式的小城市的拥挤与纷乱无秩序的情形。

然而，这一个黄昏时候的观前街，却与白昼大殊。我们在这条街上舒适地散着步，男人、女人、小孩子、老年人，摩肩接踵而过，却不喧哗，也不推拥。我所得到的苏州印象，这一次可说是最好。——从前不曾于黄昏时候在观前街散步过。半里多长的一条古式的石板街道，半部车子也没有，你可以安安稳稳地在街心踱方步。灯光耀耀煌煌的，铜的、布的，黑漆金字的市招，密簇簇地排列在你的头上，一举手便可触到了几块。茶食店里的玻璃匣，亮晶晶地在繁灯之下发光，照得匣内的茶食通明地映入行人眼里，似欲伸手招致他们去买几色苏制的糖食带回去。野味店的山鸡野兔，已烹制的，或尚带着皮毛的，都一串一挂地悬在你的眼前——就在你的眼前，那香味直扑到你的鼻上。你在那里，走着，走着。你如走在一所游艺园中。你如在暮春三月，迎神赛会的当儿，挤在人群里，跟着他们跑，兴奋而感到浓趣。你如在你的少小时，大人们在做寿，或娶亲，地上铺着花毯，天上张着锦幔，长随打杂老妈丫头，客人的孩子们，全都穿戴着崭新的衣帽，穿梭似的进进出出，而你在其间，随意地玩耍，随意地奔跑。你白天觉得这条街狭小，在这时，你才觉这条街狭小得妙。她将你紧压住了，如夜间将自己的手放在心头，做了很刺激的梦；她将你紧紧地拥抱住了，如一个爱人身体的热情的拥抱；她将所有的宝藏，所有的繁华，所有的可引动人的东西，都陈列在你的面前，即在你的眼下，相去不到三尺左右，而别用一种黄昏的灯纱笼罩了起来，使它们更显得隐约而动情，如一位对窗里面的美人，如一位躲于绿帘后的少女。她假如也像别的都市的街道那样的开朗阔大，那么，你便将永远感觉不到这种亲切的繁华的况味，你便将永远受不到这种紧紧地箍压于你的全身，你的全心的燠暖而温馥的情趣了。你平常觉得这条街闲人太多，过于拥挤，在这时却正显得人多的好处。你看人，人也看你；你的左边是一位时装的小姐，你的右边是几位随了丈夫父亲上城的乡姑，你的前面是一二位步履维艰的道地的苏州佬，一二位尖帽薄履的苏式少年，你偶然回过头来，你的眼光却正碰在一位容光射人，衣饰过丽的少奶奶的身上。你的团团转转都是人，都是无关系的无关心的最驯良的人，你可以舒舒适适地踱着方步，一点儿也不用担心什么。这里没有乘机的偷盗，没有诱人入魔窟的"指导者"，也没有什么电掣风驰，左冲右撞的一切车子。每一个人都是那么安闲地散步着，散步着；川流不息地在走，摩肩接踵地在走，他们永不会猛撞着你身上而过。他们是走得那么安闲，那么小心。你假如偶然过于大意地撞了人，或踏了人的足——那是极不经见的事！他们抬眼望了望你，你对他们点点头，表示歉意，也就算了。大家都感到一种的亲切，一种的无损害，一种的无忧无虑的生活；大家都似躲在一个乐园中，在明月之下，绿林之间，悠闲地微步着，忘记了园外的一切。

那么鳞鳞比比的店房，那么密密接接的市招，那么耀耀煌煌的灯光，那么狭狭小小的街道，竟使你抬起头来，看不见明月，看不见星光，看不见一丝一毫的黑暗的夜天。她使你不知道黑暗，她使你忘记了这是夜间。啊，这样的一个"不夜之城"！

"不夜之城"的巴黎，"不夜之城"的伦敦，你如果要看，你且去歌剧院左近走着，你且去辟加德莱圈散步，准保你不会有一刻半秒的安逸；你得时时刻刻地担心，时时刻刻地提防着，大都市的灾害，是那么多。每个人都是匆匆地走马灯似的向前走，你也得匆匆地走；每个人都是紧张着，矜持着，你也自然得会紧张着，矜持着。你假如走惯了黄昏时候的观前街，你在那里准得要吃大苦头，除非你已将老脾气改得一干二净。你假如为店铺的窗中的陈列品所迷住了，譬如说，你要站住了仔仔细细地看一下，你准得要和后面的人猛碰一下，他必定要诧异地望了望你，虽然嘴里说的是"对不起"。你也得说，"对不起"，然而你也饱受了他，以至他们的眼光的冷落。你如走到了歌剧院的阶前，你如走到了那尔逊的像下，你将见斗大的一个个市招或广告牌，闪闪在放光；一片的灯火，映射着半个天空红红的。然而那里却是如此的开朗敞阔，建筑物又是那么的宏伟，人虽拥挤，却是那样的藐小可怜，Taxi和Bus也如小甲虫似的，如红蚁似的在一连串地走着。大半个天空是黑漆漆的，几颗星在冷冷地映着眼看人。大都市的荣华终敌不住黑夜的侵袭。你在那里，立了一会儿，只要一会儿，你便将完全地领受到夜的凄凉了。像观前街那样的燠暖温馥之感，你是永远得不到的，你在那里是孤零的，是寂寞的，算不定会有什么飞灾横祸光临到你身上，假如你要一个不小心。像在观前街的那么舒适无虑的亲切的感觉，你也是永远不会得到的。

　　有观前街的燠暖温馥与亲切之感的大都市，我只见到了一个委尼司；即在委尼司的St.Mark方场的左近。那里也是充满了闲人，充满了紧压在你身上的燠暖的情趣的；街道也是那么狭小，也许更要狭，行人也是那么拥挤，也许更要拥挤，灯光也是那么辉辉煌煌的，也许更要辉煌。有人口口声声地称呼苏州为东方的委尼司；别的地方，我看不出，别的时候，我看不出，在黄昏时候的观前街，我却深切地感到了。——虽然观前街少了那么弘丽的Piazza of St.Mark，少了那么轻妙的此奏彼息的乐队。

从清华园到宣化

　　别后，坐载重汽车向清华园车站出发。沿途道路太坏，颠簸得心跳身痛。因为坐得高，绿榆树枝，时时扑面打来，一不小心，不低头，便会被打得痛极。八时十二分，上平绥车，向西走，"渐入佳境"。左边是平原，麦田花畦，色彩方整若图案。右边，大山峙立，峰尖邮邮若齿，色极青翠。白云环绕半山，益增幻趣。绝似大幅工笔的青绿山水图。天阴，欲雨未雨。道旁大石巨崖棋布罗立，而小树散缀于岩间，益显其细弱可怜。沿途马缨花树最多，树尖即在车窗之下，绿衣红饰，楚楚有致。九时半，到南口。车停得很久。下去买了一筐桃子，总有一百多个，价仅二角。味极甜美。果贩们抢着叫卖，以脱手卖出为幸，据说获利极少。过南口，车即上山。溪水清冽，铮淙有声。过了几个山洞，山势险甚。在青龙桥站停了一会儿，又过山洞，经八达岭下，即入大平原。俨然换一天地。山势平衍若土阜，绿得可爱。

　　长城如在车下，回顾八达岭一带，则山皆壁立，峻削不可攀援。长城蜿蜒卧于山顶，雉堞相望。山下则堡垒形的烽火台连绵不断。昔日的国防，是这样的设备得周密，今已一无所用了。长城一线已不能阻限敌人们铁骑的蹂躏了！

十一时四十五分到康庄。这是一个很大的车站，待运的货物堆积得极多。有许多山羊，装在牲畜车上，当是从西边运来的。十二时二十五分，过怀来，山势又险峻起来。山色黄绿相间，斑斓若虎皮纹，白云若断若连地懒散地拥抱于山腰。太阳光从云隙中射下，一缕一缕的，映照山上，益显得彩色的幻变不居。

下午一时余，到土木堡。此地即明英宗被也先所俘处，侍臣及兵士们死难者极多。闻有大墓一，今已不知所在。有显忠祠一，祀死难诸臣的，今尚在堡内。我们下车，预备在此处停留数小时。堡离车站数里；在田垅间走着。进沛津门，即入堡。房屋构造，道路情形，已和"关内"不同。大街极窄小，满是泥泞，不堪下足，除小毛驴外，似无其他代步物。街下有"岁进士"和"选元"的匾额，初不知所指，后读题字，始知前者为"岁贡生"，后者为"选拔贡生"。商店很少，有所谓"孟尝君子之店"者，即为旅馆，门上又悬"好大豆腐"的招记，后又数见此招记。似居民食物主要品即为豆腐。到显忠祠，房屋破败不堪，明碑也鲜存者。此祠立于景泰间，至万历时焚于火，清初又毁于兵。康熙五十六年（1717）雷有乾等重建之。嘉庆间又加重修。祠后，辟屋祠文昌帝君，壁上画天聋、地哑像，乔模作态，幽默可喜。三时半，回到车站，四时又上车西去。六时二十分到下花园车站。这个地方，辽代的遗迹颇多，惜未及下车。鸡鸣山远峙于左，洋河浊浪滔滔，车即沿河而走。右有一峰孤耸，若废垒，四无依傍，拔地数十丈，色若焦煤。是一奇景。一路上都是稻田，大有江南的风光。六时五十五分到辛庄子，溯河而上，洋河之水，势极湍急，奔流而下，*潺潺之声*满耳。堤岸皆方石所筑，极齐整，间亦有已被冲刷坏了的。对山一带，自山腰以下，皆是黄色，风力吹积之痕迹，宛然可见。漠外的沙碛，第一次睹得一斑。山色本来是绿的；为了黄沙的烘托，觉得幽暗，更显出暗绿。柳树极多，极目皆是。

七时四十分到宣化。车停在车站，拟即在此过夜。城外有兵士甚多，正在筑土堡，据说是在盖建营房。夜间，风很大，虎虎有声，不像是夏天。

八日，清晨即起身。遥望山腰，白云绵绵不绝，有若衣带环束者，有若炊烟上升者。半山黄沙，看得更清楚。七时半，坐人力车进城。入昌平门，门两旁有烧砖砌成之金刚神。城门上钉的是钟形之铁钉；极别致。城墙上有一石刻小孩作向下放便势；下有一猴，头顶一盘承之。据车夫说，从前每逢天将雨，盘上便有水渍。今已没有这效验了。穿城而过，出北门。北门的城楼，即有名之威远楼，明代所建，今尚未全颓。正对此楼，为镇房台，台高四丈，远望极雄壮。旁有一小阜，名药王阁。我们走上去，无一人，屋内皆停棺木。狗吠声极凶猛。一老太婆在最高处出而问客。语声不可懂。她骨瘦如柴，说一声话，便要咳嗽几声。明白的是肺痨病已到不可救药的地步，真所谓"与鬼为邻"的了。我心头上觉得有物梗塞，非常难过，便离开了她，向镇虏台走来。台下为龙王殿，台上有匾曰"眺远"。此台为嘉靖甲寅（1554）所建，登之，可眺望全城。有明代碑记，凡"镇虏台"之"虏"字，皆已被铲去，殆是清代驻防军人所为。台下山旁，有洞穴二，初不知为何物，入其中，可容人坐立。车夫云："为一山西客民所居，今已弃之而去。"这是我第一次见到的穴居。

过镇虏台，便望见恒山寺（一名北岳庙）。寺占一山巅，须过一小河始可达。山径已湮没，无路可上。行于乱石细草之间，尚不难走。前殿为安天殿，后殿为子孙娘娘庙。有顺治十年（1653）及乾隆甲午（1774）二碑。山石皆铁色。对河即为龙烟铁矿办事处。本有铁路支线一，因此矿停工，路亦被拆去。此矿规模极大，炼矿砂处，在北平之石景山。恒山寺下葡萄园极多，亦间有瓜田。平津一带所需之葡萄，皆由此处供给。又有天主堂的修道院一，建筑不久，式样似辅仁大学，当为同时所造的。院主为本国人吴君，在内修道者，有五六十人，都是从远方来的。

回到城内，游城中央的镇朔楼，本为鼓楼，大鼓尚存，今改为民众教育馆，办事精神很好，图书有《万有文库》等，尚不少。其北为清远楼，尚是旧形，原为钟楼，崇阁三层，为明成化间御史秦纮所造，因上楼之门被锁上了，未能上去。清远楼正居城的中央，楼下通衢四达，似峨（哥）特式的建筑，全是圆拱式的。

甘霖桥东有朝玄观（亦作朝天观），有宣德九年（1434）杨荣撰及正统三年（1438）吴大节撰的碑记。楼阁虽已破败，而宏伟的规模犹在。

次到介春园（今名玉家花园），园本清初王毅洲（墨庄）的藏书处，乾隆间为李氏所得。道光十年（1830），始为守备王焕功所得，大加经营，为一邑名胜。鱼池花木，幽雅宜人，今也已衰败，半沦为葡萄园，闻年可出葡萄八千斤。园亭的建筑大有日本风（味），小巧玲珑。春时芍药极盛，今仅存数株耳。大树不少，正有两株绝大的，被斫伐去，斥卖给贾人。工匠丁丁地在挖掘树根。不禁有重读柴霍夫《樱桃园》剧之感。

次到弥陀寺。朝玄观的道士云："先有弥陀，后有宣化，不可不看。"但此寺今已改为第二师范，仅存明代的铜钟及大铜佛各一。其实，弥陀寺乃始建于元中书右丞相安童，元、清皆曾重修。今碑文皆不见。铜佛高一丈八尺五寸，重四千余斤，为明宣德十四年（1439）九月十五日比丘性果真源募缘建造。校园中，有大葡萄树数株，远者已有六十余年。

次去参观一清真寺，脱鞋入殿。此地教徒约五千人，甚占势力。

宣化本为李克用的沙陀国城，余址今尚可辨，又有镇国府，为明武宗的行在，曾辇豹房珍宝及妇女实其中，称曰"家里"，今为女子师范学校。惜因时促，均未及游。

宣化城内用水，皆依靠洋河，全城皆有小沟渠，引水入城，饮用，洗濯，及灌溉葡萄园皆用此水。人工河道，规模之小，似当以此处为最。

长安行

　　住的地方，恰好在开陕西省先进生产者代表会议，碰到了不少位在各个生产战线上的先进工作者的代表们，个个红光满面，喜气洋洋，看得出是蕴蓄着无限的信心与决心，蕴蓄着无穷的克服任何困难的力量。社会主义的工业建设是一日千里地在进展着，眼看见的将是一个崭新的大西安城，一个空前的宏大的工业城市。灰色的破落的西安，将一去不复返。我想，明年今天再来时，将很难认识现在的街道了。许多久住在这个古城里的朋友们和我一同出城一趟，便说："变得多了，已经连道路也认不出来了。前几个月来时，哪里有那么多的建筑物！新房子叫人连方向也辨不清了。"的确，这最年轻的工业城市，就建筑在一座中国最古老的文化城市的基础上。

　　说起长安，谁不联想到秦皇、汉武来，谁不联想起汉唐盛世来，谁不联想到司马相如和司马迁就在这里写出他们的不朽的大作品来，谁不联想到李白、杜甫、王维、韩愈、白居易、杜牧来，他们的许多伟大的诗篇就是在这里吟成的。站在少陵原上的杜公祠远眺樊川，一水如带，绕着以浓绿浅绿的麦苗和红馥馥的正大放着的杏花，组成绝大的一幅锦绣的高高低低的大原野，那里就是韦曲、杜曲的所在，也就是一个大学的新址的所在。杜甫的家宅还有痕迹可找到么？每一寸土，每一个清池的遗迹，都可以有它们诗般的美丽的故事给人传诵。相隔不太远的地方，就是蓝田县，就是辋川，也就是有名的诗人兼画家的王维所留恋久住的地方，就是有名的《辋川图》，和裴迪联吟的"诗中有画，画中有诗"的地方。从少陵原再过去，就是兴教寺的所在了。那是三藏法师玄奘的埋骨之地，一座高塔建筑在他的墓地上，旁有二塔，较小，那是他的大弟子圆测和窥基的墓塔；关于窥基曾流传过很美丽而凄恻的一段故事。这个地方的风景很好，远望终南山白云封绕，唐代的诗人们曾经产生出许多诗的想象来。

　　站在长安城的中心——一钟楼的最高层上，向北看是大冢累累的高原。刘邦、吕雉的坟，以及他们的子孙的坟都在那里，晓雾初消的时候，构成了一幅像烽火台密布似的沧荒的奇景。向南向东望，是烟囱林立，扑扑突突地尽往天空上吐烟，仿佛蕴蓄着无限的热与力；就在那儿，十分重要的仰韶文化（新石器时代）遗址是相当完整地被保存着。再向东望，隐隐约约地可指出骊山的影子来，秦始皇帝就埋身其下，华清池依旧是最好的温泉之一。七月七夕，唐明皇和杨贵妃站在那里私誓"在天愿为比翼鸟，在地愿为连理枝"的长生殿也就在那里。向南望,双塔屹立,尖细若春笋的是小雁塔,壮崛而稳坐在那里似的是大雁塔。终南山在依稀仿佛之间。新建筑的密密层层的一幢幢的高楼大厦,密布在那里。向西望,那就是周文王、武王的奠立帝国的根据地,丰京和镐京遗址所在地。灵台和灵囿的残迹还可寻找呢。读着《诗经》,读着《孟子》,不禁神往于这些古老的地方了。就在这些最古老的地方,新的建筑物和工厂,纷纷地被布置在丰水的两岸。还可望到汉代的昆明池,大的石雕的牛郎、织女像还站在那里,隔着水遥遥相望呢。——当地称为石公、石婆,并各有庙。

没有一个城市比之今天的西安,更为显著地糅合着"古"与"今"的了。在没有一寸土没有历史的古老文化的基础上,建立起了新的社会主义工业和新的社会主义文化。新的长安城,毫无疑问地,将比汉唐盛世的长安城,更加扩大,更加繁华。点缀在这个新的工业大城市里的是处处都可遇到的赫赫有名的名胜古迹和古墓葬、古文化遗址。从新石器时代的仰韶文化起,中国历史的整整大半部,是在这个大都城里演出的。它就是历史的本身。就是历史的具体例证。这些,将永远不会埋灭。社会主义社会里的人民都知道将怎样保护自己的光荣的古老的文化和其遗存物。在林林总总的大工厂附近,在大的研究机构和学校的左右,有一处两处甚至许多处的古迹名胜或古墓葬或古代文化遗址,将相得益彰,而绝对不会显得有什么"不调和"。他们在休假日,将成群结队地去参观半坡村的仰韶遗址，那是四千多年以前的原始社会人民的居住区域。他们看到那些圆形的、方形的住宅，葬小孩子的瓮棺。他们看到那个时代的艺术家们，怎样在红色陶器的上面，画出活泼泼两条鱼在张开大嘴追逐着，画出几只鹿在飞奔着，画出一个圆圆的大脸，却在双耳之旁加画了两条小鱼，仿佛要钻进人的耳朵里去。他们看到那时候人民所用的钓鱼钩、渔叉、渔网坠。他们会想象得到：在那个时候，半坡这地方是多水的、多鱼的——那时候的人从事农业生产，但似以捕鱼为副业。他们看到骨制的鱼钩，已经发明了"倒钩"，会惊诧于那时的人民的智慧的高超的。他们将远足旅行到汉武帝的茂陵去。在那里，会看见围绕着那个大土台，有多少赫赫的名臣、名将的墓。霍去病、卫青、霍光都埋葬在那里，还有李夫人的墓也紧挨着。在那里，还可以捡拾得到汉砖、汉瓦的残片。霍去病墓的石刻，正确地明白地代表了汉武帝那个伟大时代的伟大的艺术创作。现存着十一个石刻，除了两个鱼的雕刻——似是建筑的附属物——还在墓顶上外，其他九个石刻都已经盖了游廊，好好地保护起来。谁看了卧牛和卧马，特别是那一匹后腿卧地而前蹄挣扎着将起立的马，能不为其"力"与"威"震慑住呢！那块"熊抱子"的石头，虽只是线刻，而不曾透雕，但也能把子母熊的感情表达出来。那两千多年前的中国雕刻家们的作品，是和希腊、罗马的雕刻不同的，是别具一种民族风格，是世界上最高超的艺术品之一部分。谁能为这些石刻写几部大书出来呢？有机会站在那里，带着崇高的欣赏之心，默默地端详着它们的人们，是幸福的！他们还将到华清池去，过个十分愉快的休沐日。他们还将到唐高宗的乾陵去，欣赏盛唐时代的石刻，一整列的石人、石马，一对鸵鸟、一对飞马，还有拱手而立的许多酋长、番王的石像（可惜都缺了头），都值得看了又看，看个心满意足。长安城的内外，是有那么多的名胜古迹，足以流连，足以考古，足以证史的地方啊。一时是诉说不尽的。韦曲、杜曲、王曲以及曲江池、樊川等古人游乐之地，今天只要稍加疏浚，也就可以成为十分漂亮的人民公园。我想不久的将来，我们就会看到那个宏伟而美丽的大公园在长安城南出现的。

"古"与"今"，古老的文化和社会主义的工业建设，结合得如此的巧妙，如此的吻合无间，正足以表现我们中国是一个很古老的国家，同时又是一个很年轻的国家。不仅西安市是如此，全国范围内的许多城市也都是同样地把"古"与"今"结合起来的，而西安市是一个特别突出的、值得特别提起的一个典型的好例子。

石湖

前年从太湖里的洞庭东山回到苏州时，曾经过石湖。坐的是一只小火轮，一眨眼间，船由窄窄的小水口进入了另一个湖。那湖要比太湖小得多了，湖上到处插着蟹籇和围着菱田。他们告诉我："这里就是石湖。"我跃然地站起来，在船头东张西望地，想尽量地吸取石湖的胜景。见到湖心有一个小岛，岛上还残留着东倒西歪的许多太湖石。我想：这不是一座古老的园林的遗迹么？

是的，整个石湖原来就是一座大的园林。在离今八百多年前，这里就是南宋初期的一位诗人范成大（1126—1193）的园林。他和陆游、杨万里同被称为"南宋三大诗人"。成大因为住在这里，就自号石湖居士，"石湖"因之而大为著名于世。杨万里说："公之别墅曰石湖，山水之胜，东南绝境也。"我们很向往于石湖，就是为了读过范成大的关于石湖的诗。"石湖"和范成大结成了这样的不可分的关系，正像陶渊明的"栗里"，王维的"辋川"一样，人以地名，同时，地也以人显了。成大的《石湖居士诗集》，吴郡顾氏刻的本子（1688年刻），凡三十四卷，其中歌咏石湖的风土人情的诗篇很不少。他是一位中国文学史上重要的田园诗人，继承了陶渊明、王维的优良传统，描写着八百多年前的农民的辛勤的生活。他的《四时田园杂兴》六十首，就是淳熙丙午（1186）在石湖写出的。在那里，充溢着江南的田园情趣，像读米芾和他的儿子米友仁所作的山水，满纸上是云气水意，是江南的润湿之感，是平易近人的熟悉的湖田农作和养蚕、织丝的活计，他写道：

> 昼出耘田夜绩麻，村庄儿女各当家。
>
> 童孙未解供耕织，也傍桑阴学种瓜。

农村里是不会有一个"闲人"存在的，包括孩子们在内。

> 垂成穑事苦艰难，忌雨嫌风更怯寒。
>
> 笺诉天公休掠剩，半偿私债半输官。

他是同情于农民的被剥削的痛苦的。更有连田也没有得种的人，那就格外的困苦了。

> 采菱辛苦废犁锄，血指流丹鬼质枯。
>
> 无力买田聊种水，近来湖面亦收租。

他住在石湖上，就爱上那里的风土，也爱上那里的农民，而对于他们的痛苦，表示同情。后来，在明朝弘治间（1488—1505），有莫旦的，曾写了一部《石湖志》，却只是夸耀着莫家的地主们的豪华的生活，全无意义。至今，在石湖上莫氏的遗迹已经一无所存，问人，也都不知道，是"身与名俱朽"的了。但范成大的名字却人人都晓得。

去年春天，我又到了洞庭东山。这次是走陆路的，在一年时间里，当地的农民已经把通往苏州的公路修好了。东山的一个农业合作社里的人，曾经在前年告诉过我：

"我们要修汽车路，通到苏州，要迎接拖拉机。"

果然，这条公路修好了，如今到东山去，不需要走水路，更不需要花上一天两天的时间了，只要两小时不到，就可以从苏州直达洞庭东山。我们就走这条公路，到了石湖。我们远远地望见了渺茫的湖水，安静地躺在那里，似乎水波不兴，万籁皆寂。渐渐地走近了，湖山的胜处也就渐渐地豁露出来。有一座破旧的老屋，总有三进深，首先唤起我们注意。前厅还相当完整，但后边却很破旧，屋顶已经可看见青天了，碎瓦破砖，抛得满地，墙垣也塌颓了一半。这就是范成大的祠堂。墙壁上还嵌着他写的《四时田园杂兴》的石刻，但已经不是全部了。我们在湖边走着，在不高的山上走着。四周的风物秀隽异常。满盈盈的湖水一直溢拍到脚边，却又温柔地退回去了，像慈母抚拍着将睡未睡的婴儿似的，它轻轻地抚拍着石岸。水里的碎瓷片清晰可见。小小的鱼儿，还有顽健的小虾儿，都在眼前游来蹦去。登上了山巅，可望见更远的太湖。太湖里点点风帆，历历可数。太阳光照在粼粼的湖水上面，闪耀着金光，就像无数的鱼儿在一刹那之间，齐翻着身。绿色的田野里，夹杂着黄色的菜花田和紫色的苜蓿田，锦绣般地展开在脚下。

这里的湖水，滋育着附近地区的桑麻和水稻，还大有鱼虾之利。劳动人民是喜爱它的，看重它的。

"正在准备把这一带全都绿化了，已经栽下不少树苗了。"陪伴着我们的一位苏州市园林处的负责人说道。

果然有不少各式各样的矮树，上上下下，高高低低地栽种着。不出十年，这里将是一个很幽深新洁的山林了。他说道："园林处有一个计划，要把整个石湖区修整一番，成为一座公园。"当然，这是很有意义的，而且东山一带已将成为上海一带的工人的疗养区，这座石湖公园是有必要建设起来的。

他又说道："我们要好好地保护这一带的名胜古迹，范石湖的祠堂也要修整一下。有了那个有名的诗人的遗迹，石湖不是更加显得美丽了么？"

事隔一年多，不知石湖公园的建设已经开始了没有？我相信，正像苏州—洞庭东山之间的公路一般，勤劳勇敢的苏州市的人民一定会把石湖公园建筑得异常漂亮，引人入胜，来迎接工农阶级的劳动模范的游览和休养的。

苏州赞歌

　　苏州这个天堂似的好地方，只要你逛过一次，你就会永远地爱上了它，会久久地想念着它。它是典型的一个江南的城市，是水乡，又是鱼米之乡。

　　春天的时候，一大片的开着紫花的苜蓿田，夹杂着一块块的娇黄色的油菜花儿的田，还有一望无际的嫩绿可喜的刚刚插好稻秧儿的水田，那色彩本身，就是一幅秀丽无边的绝大的天然的图案画。谁不喜爱这表现着春天的烂漫而又娇嫩的颜色呢？很像维纳丝刚从海水泡沫儿里生了出来，一双眼睛还蒙蒙松松地带着惶惑之意。它就是春天自己！田埂上还开放着各色各样小花朵，白色的，黄色的，还有粉红色的，深红色的。清澈的春水，顺着大渠小沟，略略地流着。小鸟儿在叫着。合作社的男女社员们，一大早就肩负着锄头，手拿着小筐子下田去了。他们彼此在竞赛着。《青年突击队歌》，高响入云。他们把春天变得更活跃又有精神了。

　　千万盆的茉莉花、代代花和玫瑰花都已从玻璃房里搬出来，在花田里竞媚斗艳，老远地，就嗅到那喷射出来的清馨的香味儿。站在虎丘山的大石块上，望着桃红柳绿的山景，望着更远的五色斑斓的田野和躺在太阳光底下放亮光的湖泊和小河流。天气老是润滋滋地，不知什么时候就会有一阵春雨，在云端飘洒下来。

走在留园、西园一带的石塘上，望着运河的流水，嘴里吟着"凌波不过横塘路，但目送、芳尘去"，足旁有一大块深绿色的菜园，正开着紫中透黑的蚕豆花儿，那不时钻入鼻孔的菜花香，夹杂着泥土气味，甜甜地像要醉人。在西园的略带野趣和荒凉味儿的后花园里，有游人们在等候着大癞头龟在池塘里出现。留园的引人入胜的园景，吸引着更多的外地的客人们。还有城里的许多花园，个个有特色，够你逛个一天半天的，狮子林的假山洞，钻得你不禁嘻嘻哈哈地大惊小怪起来，拙政园不再是几十间东倒西歪的老屋和千百株将枯未倒的老树，显得凄凉暗淡的园林了，它成为精神百倍的大好的游逛的地方。汪氏义庄就剩下靠北面的一带假山和几间房子了，但还别有风趣的吸引着游人们，它们活像是小摆设，不，它们并不小；它们乃是模拟着名山大川而缩小之于寻丈之地的。这显出了我们老祖先们怎样地喜爱自然，又怎样地能够把自然缩小了搬运到家园里来。从一扇小窗里望过去，不是有几棵碧绿的芭蕉树，一峰玲珑剔透的太湖石，还有小小的几株花木么？那就显得那个屋角勃勃地有生趣、有远趣起来。无梁殿是一座很坚实的古建筑。沧浪亭就在水边，具有渺荡的深趣。中国最古老的《天文图》和《舆地图》就放在孔庙里。许多的记载织工们斗争的石碑，也在玄妙观等处发现。这些美好的园林和重要的古迹名胜，不仅供应了苏州市人民自己和它四乡的工农兵的享用和游逛，而且，更重要的是给予江南一带的特别是大上海市的工农民以惊喜，以舒畅，以闲憩的休息和快乐。苏州人和扬州人所擅长培植的小盆景，这些苏州市的大大小小的园林，就活像是一座座的大盆景。

苏州不完全是一个游逛的、休息的城市。它有长久的斗争的历史。苏州是中国封建社会的一个典型的手工业城市。织坊老早就成立了，织工们的斗争史值得写成厚厚的几本书。"吴侬软语"的苏州人民，看起来好像很温和，但往往是站在斗争的最前线，勇猛无前，坚忍不屈。它那里产生了不少民族英雄、革命烈士以至劳动模范，他们的故事是可歌可泣的，是十分地感动人的。

苏州城外有一座寒山寺，那是以唐代诗人张继的一首"姑苏城外寒山寺，夜半钟声到客船"而著名的。清初诗人王渔洋，就为了要题一首诗在这寺的山门上，半夜里坐船赶到那里，在山门上用墨笔写了诗，然后就下船离开了，连大殿也没进。到了今天，还有不少人慕名而去到那里。有一口大钟，但已经不是原来的那口钟了，听说原来的钟是被日本帝国主义者盗去的，下落不明。如今，这座本来荒凉不堪的寺院，变成了很华美。有一座盘梯的楼，很精致，是从城里一个旧家搬来的，包括搬运、重建、修整、油漆等等费用，只花上五千元。苏州人民就是会那么勤俭起家的。听说那些美丽的园林，也都是花了不多的钱而都收拾得"有声有色"，漂漂亮亮。

苏州的许多工艺美术品，特别是刺绣、云锦等等，乃是国家的光荣，也是国家的财富。它的农业的成就，乃是属于全国高产地区，供给着许多城市，其农业的生产技术和经验乃是值得推广的。

苏州城和苏州人民是勤俭的，谦虚的，温暖的，却又是那么可喜可爱。凡是到过那里一次的人，准保不会忘了它。

人世情怀

我们一边走着，

一边谈性灵，

谈人类的命运，

争辩月之美是圆时还是缺时，

是微云轻抹还是万里无垠……

月夜之话

　　是在山中的第三夜了。月色是皎洁无比，看着她渐渐地由东方升了起来。蝉声叽——叽——叽——地漫长地叫着，岭下洞水潺潺的流声，隐略地可以听见，此外，便什么声音都没有了。月如银的圆盘般大，静定地挂在晚天中，星没有几颗，疏朗朗地间缀于蓝天中，如美人身上披的蓝天鹅绒的晚衣，缀了几颗不规则的宝石。大家都把自己的摇椅移到东廊上坐着。

　　初升的月，如水银似的白，把它的光笼罩在一切的东西上；柱影与人影，粗黑地向西边的地上倒映着。山呀，田地呀，树林呀，对面的许多所的屋呀，都朦朦胧胧的，不大看得清楚，正如我们初从倦眠中醒了来，睁开了眼去看四周的东西，还如在渺茫梦境中似的；又如把这些东西都幕上了一层轻巧细密的冰纱，它们在纱外望着，只能隐约地看见它们的轮廓；又如春雨连朝，天色昏暗，极细极细的雨丝，随风飘拂着，我们立在红楼上，由这些蒙雨织成的帘中向外望着。那么样的静美，那么样柔秀的融合的情调，真非身临其境的人不能说得出的。

"那么好的月呀!"擘黄先生赞赏似的叹美着。

同浴于这个明明的月光中的,还有梦旦先生和心南先生。静悄悄的,各人都随意地躺在他的摇椅上,各自在默想他的崇高的思绪。也不知道有多少秒,多少分,多少刻的时间是过去了。红栏杆外是月光、蝉声与溪声,红栏杆内是月光照浴着的几个静思的人。

> 月光光,
>
> 照河塘。
>
> 骑竹马,
>
> 过横塘。
>
> 横塘水深不得过,
>
> 娘子牵船来接郎。
>
> 问郎长,问郎短,
>
> 问郎此去何时返。

心南先生的女公子依真跳跃着地由西边跑了过来,嘴里这样地唱着。那清脆的歌声漫溢于朦胧的空中,如一塘静水中起了一个水沤似的,立刻一圈一圈地扩大到全个塘面。

"这是各处都有的儿歌,辜鸿铭曾选入他的《幼学弦歌》中。"梦旦先生说。他真是一个健谈的人,又恳挚,又多见闻,凡是听过他的话的人，总不肯半途走了开去。

"福州还有一首大家都知道的民歌，也是以月为背景的，真是不坏。"梦旦先生接着说。于是他便背诵出了这一首歌。

> 共哥相约月出来，
>
> 怎样月出哥未来？
>
> 没是奴家月出早？
>
> 没是哥家月出迟？
>
> 不论月出早与迟，
>
> 恐怕我哥未肯来。
>
> 当日我哥来娶嫂，
>
> 三十无月哥也来。

这首歌的又真挚又曲折的情绪，立刻把大家捉住了。像那么好的情歌，真不多见。

"我真想把它抄录了下来呢！"我说。于是梦旦先生又逐句地背念了一遍，我便录了下来。

"大约是又成了《山中通信》的资料吧。"擘黄先生笑着说道，他今天刚看见我写着《山中通信》。

"也许是的，但这样的好词，不写了下来，未免太可惜了。"

"我也有一个，索性你再写了吧。"擘黄说。

我端正了笔等着他。

> 七月七夕鹊填桥，
>
> 牛郎织女渡天河。
>
> 人人都说神仙好，
>
> 一年一度算什么！

"最后一句真好，凡是咏七夕的诗，恐怕不见得有那样透彻的口气吧。可见民歌好的不少，只在自己去搜集而已。"擘黄说。

大家的话匣子一开，沉静的气氛立刻打破了，每个人都高高兴兴地谈着唱着，浑忘了皎洁月光与其他一切。月已升得很高，倒向西边的柱影，已渐渐地短了。

梦旦先生道："还有一首歌，你们听人说过没有？"

> 采苹你去问秋英，
>
> 怎么姑爷跌满身？
>
> 他说："相公家里回，
>
> 也无火把也无灯。"

> "既无火把也要灯！
>
> 他说相公家里回，

怎么姑爷跌满身?

采苹你去问秋英!"

"是的,听见过的。"擘黄说,"但其层次与说话之语气颇不易分得出明白。"

"大约是小姐见姑爷夜间回来,跌了一身的泥,不由得起了疑心,便叫丫头采苹去问跟班秋英。采苹回到小姐那里,转述秋英的话,相公之所以跌得一身泥者,因由家里回来,夜色黑漆漆的,又无火把又无灯笼也。第二首完全是小姐的话,她的疑心还未释,相公既由家回,如无火把也要有灯,怎么会跌得一身泥?于是再叫采苹去问秋英。虽然是如连环诗似的二首,前后的意思却很不同。每个人的口气也都逼真的像。"梦旦先生说。

经了这样一解释,这首诗,真的也成了一首名作了。

真鸟仔,

啄瓦檐,

奴哥无"母"这数年。

看见街上人讨"母",

奴哥目泪挂目檐。

有的有,没的没,

有人老婆连小婆!

只愿天下做大水，

流来流去齐齐没。

这一首也是这一夜采得的好诗，但恐非"非福州人"所能了解。所谓"真鸟仔"者，即小麻雀也。"母"者，即女子也，即所谓公母之"母"是也。"奴哥"者，擘黄以为是他人称他的，我则以为是自称的口气。兹译之如下：

小小的麻雀儿，

在瓦檐前啄着，啄着，

我是这许多年还没有妻呀！

看见街上人家闹洋洋地娶亲，

我不由得双泪挂眼边。

有的有，没有的没有，

有的人，有了妻，却还要小老婆。

但愿天下起了大水，

流来流去，使大家一齐都没有。

这个译文，意思未见得错，音调的美却完全没有了。所以要保存民歌的绝对的美，似非用方言写出来不可。

这一夜，是在山上说得最舒畅的一夜，直到了大家都微微地呵欠着，方才散了，各进房门去睡。第二夜，月光也不坏。我却忙着写稿子；再一夜，天色却不佳，梦旦先生和擘黄又忙着收拾行囊，预备第二天一早下山。像这样舒畅地夜谈，却终于只有这一夜，这一夜呀！

山中的历日

"山中无历日。"这是一句古话，然而我在山中却把历日记得很清楚。我向来不记日记，但在山上却有一本日记，每日都有二三行的东西写在上面。自七月二十三日，第一日在山上醒来时起，直到了最后的一日早晨，即八月二十一日，下山时止，无一日不记。恰恰的在山上三十日，不多也不少，预定的要做的工作，在这三十日之内，也差不多都已做完。

当我离开上海时，一个朋友问我："什么时候可以回来？"

"一个月。"我答道。真的，不多也不少，恰是一个月。有一天，一个朋友写信来问我道："你一天的生活如何呢？我们只见你一天一卷的原稿寄到上海来，没有一个人不惊诧而且佩服的。上海是那样的热呀，我们一行字也不能写呢。"

我正要把我的山上生活告诉他们呢。

在我的二十几年的生活中，没有像如今的守着有规则的生活，也没有像如今的那么努力地工作着的。

第一晚，当我到了山上时，已经不早了，滴翠轩一点灯火也没有。我向心南先生道："怎么黑漆漆的不点灯？"

"在山上，我们已成了习惯，天色一亮就起来，天色一黑就去睡，我起初也不惯，现在却惯了。到了那时，自然而然地会起来，自然而然地会去睡。今夜，因为同家母谈话，睡得迟些，不然，这时早已入梦了。家中人，除了我们二人外，他们都早已熟睡了。"心南先生说。

我有些惊诧，却不大相信。更不相信在上海起迟眠迟的我，会服从了这个山中的习惯。

然而到了第二天绝早，心南先生却照常地起身。我这一夜是和他暂时一房同睡的，也不由得不起来，不由得地不跟了他一同起身。"还早呢，还只有六点钟。"我看了表说。

"已经是太晚了。"他说，果然，廊前太阳光已经照得满墙满地了。

这是第一次，我倚了绿色的栏杆——后来改漆为红色的，却更有些诗意了——去看山景。没有奇石，也没有悬岩，全山都是碧绿色的竹林和红瓦黑瓦的洋房子。山形是太平衍了。然而向东望去，却可看见山下的原野。一座一座的小山，都在我们的足下，一畦一畦的绿田，也都在我们的足下。几缕的炊烟，由田间升起，在空中袅袅地飘着，我们知道那里是有几家农户了，虽然看不见他们。空中是停着几片的浮云。太阳照在上面，那云影倒映在山峰间，明显地可以看见。

"也还不坏呢，这山的景色。"我说。

"在起了云时，漫山的都是云，有的在楼前，有的在足下，有时浑不见对面的东西，有时，诸山只露出峰尖，如在海中的孤岛，这简直可称为云海，那才有趣呢。我到了山上时，只见了两次这样的奇景。"心南先生说。

这一天真是忙碌，下山到了铁路饭店，去接梦旦先生他们上山来。下午，又东跑跑，西跑跑。太阳把山径晒得滚热的，它又张了大眼向下望着，头上是好像一把火的伞。只好在邻近竹径中走走就回来了。

在山上，雨是不预约就要落下来的，看它天气还好好的，一瞬间，却已乌云蔽了楼檐，沙沙的一阵大雨来了。不久，眼望着这块大乌云向东驶去。东边的山与田野现出阴郁的样子，这里却又是太阳光满满地照着了。

"伞在山上倒是必要的；晴天可以挡太阳，下雨的时候可以挡雨。"我说。

这一阵雨过去后，天气是凉爽得多了，我便又独自由竹林间的一条小山径，寻路到瀑布去。山径还不湿滑，因为一则沿路都是枯落的竹叶躺着，二则泥土太干，雨又下得不久。山径不算不峻峭，却异常地好走。足踏在干竹叶上，柔柔的如履铺了棉花的地板，手攀着密集的竹竿，一竿一竿地递扶着，如扶着栏杆，任怎么峻峭的路，都不会有倾跌的危险。

莫干山有两个瀑布，一个是在这边山下，一个是碧坞。碧坞太远了，听说路也很险。走过去，要经过一条只有一尺多阔的栈道，一面是绝壁，一面是十余丈深的山溪，轿子是不能走过的，只好把轿子中途弃了，两个轿夫牵着游客的双手，一前一后地把他送过去。去年，有几个朋友到那里去游，却只有几个最勇敢的这样地走了过去，还有几个却终于与轿子一同停留在栈道的这边，不敢过去了。这边的山下瀑布，路途却较为好走，又没有碧坞那么远，所以我便渴于要先去看看——虽然他们都要休息一下，不大高兴走。

瀑布的气势是那么样的伟大，瀑布的景色是那么样的壮美；那么多的清泉，由高山石上，倾倒而下，水声如雷似的，水珠溅得远远的，只要闭眼一想象，便知它是如何的可迷人呀！我少时曾和数十个同学一同旅行到南雁荡山。那边的瀑布真不少，也真不小。老远的老远的，便看见一道道的白练布由山顶挂了下来。却总是没有走到。经过了柔湿的田道，经过了繁盛的村庄，爬上了几层的山，方才到了小龙湫。那时是初春，还穿着棉衣。长途的跋涉，使我们都气喘汗流。但到了瀑布之下，立在一块远隔丈余的石上时，细细的水珠却溅得你满脸满身都是，阴凉的，阴凉的，立刻使你一点的热感都没有了；虽穿了棉衣，还觉得冷呢。面前是万斛的清泉，不休地只向下倾注，那景色是无比的美好，那清而洪大的水声，也是无比的美好。这使我到如今还记念着，这使我格外地喜爱瀑布与有瀑布的山。十余年来，总在北京与上海两处徘徊着，不仅没有见什么大瀑布，便连山的影子也不大看得见。这一次之到莫干山，小半的原因，因为那山那有瀑布。

山径不大好走，时而石级，时而泥径，有时，且要在荒草中去寻路。亏得一路上溪声潺潺的。沿了这溪走，我想总不会走得错的。后来，终于是走到了。但那水声并不大，立近了，那水珠也不会飞溅到脸上身上来。高虽有二丈多高，阔却只有两个人身的阔。那么样萎靡的瀑布，真使我有些失望。然而这总算是瀑布，万山静悄悄的，连鸟声也没有，只有几张照相的色纸，落在地上，表示曾有人来过。在这瀑布下流连了一会儿，脱了衣服，洗了一个身，濯了一会儿足，便仍旧穿便衣，与它告别了。却并不怎么样的惜别。

刚从林径中上来，便看见他们正在门口，打算到外面走走。

"你去不去？"擘黄问我。

"到哪里去？"我问道。

"随便走走。"

我还有余力，便跟了他们同去。经过了游泳池，个个人喧笑地在那里泅水，大都是碧眼黄发的人，他们是最会享用这种公共场所的。池旁，列了许多座位，预备给看的人坐，看的人真也不少。沿着这条山径，到了新会堂，图书馆和幼稚园都在那里。一大群的人正从那里散出，也大都是碧眼黄发的人。沿着山边的一条路走去，便是球场了。球场的规模并不小，难得在山边会辟出这么大的一个地方。场边有许多石级凸出，预备给人坐，那边贴了不少布告，有一张说："如果山岩崩坏了，发生了什么意外之事，避暑会是不负责的。"我们看那山边，围了不少层的围墙。很坚固，很坚固，哪里会有什么崩坏的事。然而他们却要预防着。在快活地打着球的，也都是碧眼黄发的人。

梦旦先生他们坐在亭上看打球，我们却上了山脊。在这山脊上缓缓地走着，太阳已将西沉，把那无力的金光亲切地抚摩我们的脸。并不大的凉风，吹拂在我们的身上，有种说不出的舒适之感。我们在那里，望见了塔山。

心南先生说："那是塔山，有一个亭子的，算是莫干山最高的山了。"望过去很远，很远。

晚上，风很大。半夜醒来，只听见廊外呼呼地啸号着，仿佛整座楼房连基底都要为它所摇撼。

山中的风常是这样的。

这是在山中的第一天。第二天也没有做事。到了第三天，却清早地起来，六点钟时，便动手做工。八时吃早餐，看报，看来信，邮差正在那时来。九时再做，直到了十二时。下午，又开始写东西，直到了四时。那时，却要出门到山上走走了。却只在近处，并不到远处去。天未黑便吃了饭。随意闲谈着。到了八时，却各自进了房。有时还看看书，有时却即去睡了。一个月来，几乎天天是如此。

下午四时后，如不出去游山，便是最好的看书时间了。

山中的历日便是如此，我从来没有过着这样的有规则的生活过！

离别

一

别了，我爱的中国，我全心爱着的中国。当我倚在高高的船栏上，见着船渐渐地离岸了，船与岸间的水面渐渐地阔了，见着许多亲友挥着白巾，挥着帽子，挥着手，说着Adieu，Adieu!① 听着鞭炮噼噼啪啪地响着，水兵们高呼着向岸上的同伴告别时，我的眼眶是润湿了，我自知我的泪点已经滴在眼镜面了，镜面是模糊了，我有一种说不出的感动！

船慢慢地向前驶着，沿途见了停着的好几只灰色的白色的军舰。不，那不是悬着青天白日满地红的国旗的，它们的旗帜是"红日"，是"蓝白红"，是"红蓝条交叉着"的联合旗，是有"星点红条"的旗！

两岸是黄土和青草，再过去是两条的青痕，再过去是地平上的

---

① 法语："再会，再会！"

几座小岛山，海水满盈盈地照在夕阳之下，浪涛如顽皮的小童似的跳跃不定。水面上呈现出一片的金光。别了，我爱的中国，我全心爱着的中国！

我不忍离了中国而去，更不忍在这大时代中放弃每人应做的工作而去，抛弃了许多亲爱的勇士们在后面，他们是正用他们的血建造着新的中国，正在以纯挚的热诚，争斗着，奋击着。我这样不负责任地离开了中国，我真是一个罪人！

然而我终将在这大时代中工作着的，我终将为中国而努力，而呈献了我的身，我的心；我别了中国，为的是求更好的经验，求更好的奋斗的工具。暂别了，暂别了。在各方面争斗着的勇士们，我不久即将以更勇猛的力量加入你们当中了。

当我归来时，我希望这些悬着"红日"的，"蓝白红"的，有"星点红条"的，"红蓝条交叉着"的一切旗帜的白色灰色的军舰都已不见了，代替它们的是我们的可喜爱的悬着我们的旗帜的伟大舰队。

如果它们那时还没有退去中国海，还没有为我们所消灭，那么，来，勇士们！我将加入你们的队中，以更勇猛的力量，去压迫它们，去毁灭它们！这是我的誓言！别了，我爱的中国，我全心爱着的中国！

二

别了，我最爱的祖母、母亲、妹妹以及一切亲友们！我没有想到我动身得那么匆促。我决定动身，是在行期前的七天；跑去告诉祖母和许多亲友，是在行期前的五天。我想我们的别离至多不过是两年、三年，然而我心里总有一种离愁堆积着。两三年的时光，在上海住着是如燕子疾飞似的匆匆滑过去了，然而在孤身栖止于海外的游子看来，是如何漫长的一个时间呀！在倚闾而望游子归来的祖母、母亲们和数年来终日聚首的爱友们看来，又是如何漫长的一个时期呀！祖母在半年来，身体又渐渐地恢复康健了，精神也很好，所以我敢于安心远游。要在半年前，我真的不忍与她相别呢！然而当她听见我要远别的消息时，她口里不说什么，还很高兴地鼓励着我，要我保重自己的身体，在外不像在家，没有人细心照应了，饮食要小心，被服要盖得好些，落在床下是不会有人来抬起了；又再三叮嘱着我，能够早回，便早些回来。她这些话是安舒地慈爱地说着的，然而在她慢缓的语声中，在她微蹙的眉尖上，我已看出她是满孕着难告的苦闷与别意。不忍与她的孩子离别，而又不忍阻挡他的前进，这其间是如何地踌躇苦恼、不安！人非铁石，谁不觉此！第二天，第三天，她的筋痛的旧病，便又微微地发作了。这是谁的罪过！行期前一天的晚上，我去向她告别；勉强装出高兴的样子，要逗引开她的忧怀别绪；她也勉强装着并不难过的样子，这还不是她也怕我伤心么？在强装的笑容间，我看出万难遮盖的伤别的阴影。她强忍着呢！以全力忍着呢！母亲也是如此，假定她们是哭了，我一定要弃了我离国的决心，一定的！这夜临别时，我告诉她们说，第二天还要来一次。但是，不，第二天，我决不敢再去向她们告别了。我真怕摇动了我的离国的决心！我宁愿负一次说谎的罪，我宁愿负一次不去拜别的罪！

岳父是真希望我有所成就的，他对于我的离国，用全力来赞助。他老人家仆仆地在路上跑，为了我的事，不知有几次了！托人，找人帮忙，换钱……都是他在忙着。我不知将如何说感谢的话好！然而临别时，他也不免有戚意。我看他扶着箴，在太阳光中，忙乱的码头上站着，挥着手，我真的感动得说不出话来。

许多朋友，亲戚……他们都给我以在我预想以上之帮忙与亲切的感觉，这使我更不忍于离别了！

果然如此的轻于言离别，而又在外游荡着，一无成就，将如何地伤了祖母、母亲、岳父以及一切亲友的心呢！

别了，我最爱的祖母以及一切亲友！

三

当我与岳父同车到商务去时，我首先告诉他我将于二十一日动身了。归家时，我将这话第二次告诉给箴，她还以为我是与她开开玩笑的。

"哪里的话！真的要这么快就动身么？"

"哪一个骗你，自然是真的，因为有同伴。"

她还不信，摇摇头道："等爸爸回来问他看。你的话不能信。"

岳父回家，她真的去问了。

"哪里会假的；振铎一定要动身了，只有六七天工夫，快去预备行装！"他微笑地说着。

箴有些愕然了："爸爸也骗我！"

"并没有骗你，是一点不假的事。"他正经地说道。

她不响了，显然心上罩了一层殷浓的苦闷。

"铎，你为什么这样快动身？再等几时，八月间再走不好么？"箴的话有些生涩，不如刚才的轻快了。

一天天地过去，我们俩除同出去置办行装外，相聚的时候很少。我每天还去办公，因为有许多事要结束。

每个黄昏，每个清晨，她都以同一的凄声向我说道："铎，不要走了吧！"

"等到八月间再走不好么？"

我踌躇着，我不能下一个决心，我真的时时刻刻想不走。去年我们俩一天的相离，已经不可忍受了，何况如今是两三年的相别呢？我真的不想走！

"泪眼相见，觉无语幽咽。"在别前的三四天已经是如此了。

每天的早餐，我都咽不下去，心上似有千百重的铅块压着，说不出的难过。当护照没有签好字时，箴暗暗地希望着英、法领事拒绝签字，于是我可以不走了。我也竟是如此地暗暗地希望着。

当许多朋友请我们饯别宴上，我曾笑对他们说道："假定我不走呢，吃了这一顿饭要不要奉还？"这不是一句笑话，我是真的这样想呢。即在整理行装时，我还时时地这样暗念着：姑且整理整理，也许去不成。

然而护照终于签了字，终于要于第二天动身了。

只有动身的那一天早晨，我们俩是始终地聚首着。我们同倚在沙发上。有千万语要说，却一句也都说不出，只是默默地相对。

箴呜咽地哭了，我眼眶中也装满了热泪。谁能吃得下午饭呢！

码头上，握了手后，我便上船了。船上催送客者回去的铃声已经丁丁地摇着了。我倚在船栏上，她站在岳父身边，暗暗地在拭泪。中间隔的是几丈的空间，竟不能再一握手，再一谈话。此情此景，将何以堪！最后，岳父怕她太伤心了，便领了她先去。那临别的一瞬，她已经不能再有所表示了，连手也不能挥送，只慢慢地走出码头，她的手握着白巾，在眼眶边不停地拭着。我看着她的黄色衣服，她的背影，渐渐地远了，消失在过道中了！

"黯然魂销者唯别而已矣！"

Adieu！Adieu！

希望几个月之后——不敢望几天或几十天，在国外再有一次

"不速之客"的经历。

"别离"，那真不是容易说的!

宴之趣

　　虽然是冬天，天气却并不怎么冷，雨点淅淅沥沥地滴个不已，灰色云是弥漫着；火炉的火是熄下了，在这样的秋天似的天气中，生了火炉未免是过于燠暖了。家里一个人也没有，他们都出外"应酬"去了。独自在这样的房里坐着，读书的兴趣也引不起，偶然地把早晨的日报翻着，翻着，看看它的广告，忽然想起去看*Merry Widow*（美国影片名，中译名《风流寡妇》）吧。于是独自地上了电车，到派克路跳下了。

　　在黑漆的影戏院中，乐队悠扬地奏着乐，白幕上的黑影，坐着，立着，追着，哭着，笑着，愁着，怒着，恋着，失望着，决斗着，那还不是那一套，他们写了又写，演了又演的那一套故事。

　　但至少，我是把一句话记住在心上了："有多少次，我是饿着肚子从晚餐席上跑开了。"

　　这是一句隽妙无比的名句；借来形容我们宴会无虚日的交际社会，真是很确切的。

每一个商人，每一个官僚，每一个略略交际广了些的人，差不多他们的每一个黄昏，都是消磨在酒楼菜馆之中的。有的时候，一个黄昏要赶着去赴三四处的宴会。这些忙碌的交际者在这里坐一坐，就走开了，又赶到另一个地方去了，在那一个地方又只略坐一坐，又赶到再一个地方去了。他们的肚子定是不会饱的，我想。有几个这样的交际者，当酒阑灯炧，应酬完毕之后，定是回到家中，叫底下人烧了稀饭来堆补空肠的。

我们在广漠繁华的上海，简直是一个村气十足的"乡下人"；我们住的是乡下，到"上海"去一趟是不容易的，我们过的是乡间的生活，一月中难得有几个黄昏是在"应酬"场中度过的。有许多人也许要说我们是"孤介"，那是很清高的一个名词。但我们实在不是如此，我们不过是不惯征逐于酒肉之场，始终保持着不大见世面的"乡下人"的色彩而已。

偶然的有几次，承一二个朋友的好意，邀请我们去赴宴。在座的至多只有三四个熟人，那一半生客，还要主人介绍或自己去请教尊姓大名，或交换名片，把应有的初见面的应酬的话讷讷地说完了之后，便默默地相对无言了。说的话都不是有着落，都不是从心里发出的；泛泛的，是几个音声，由喉咙头溜到口外的而已。过后自己想起那样的敷衍的对话，未免要为之失笑。如此的，说是一个黄昏在繁灯絮语之宴席上度过了，然而那是如何没有生趣的一个黄昏呀！

　　有几次，席上的生客太多了，除了主人之外，没有一个是认识的；请教了姓名之后，也随即忘记了。除了和主人说几句话之外，简直地无从和他们谈起。不晓得他们是什么行业，不晓得他们是什么性质的人，有话在口头也不敢随意地高谈起来。那一席宴，真是如坐针毡；精美的羹菜，一碗碗地捧上来，也不知是什么味儿。终于忍不住了，只好向主人撒一个谎，说身体不大好过，或是说还有应酬，一定要去的。——如果在谣言很多的这几天当然是更好托词了，说我怕戒严提早，要被留在华界之外——虽然这是无礼貌的，不大应该的，虽然主人是照例地殷勤地留着，然而我却不顾一切地不得不走了。这个黄昏实在是太难挨得过去了！回到家里以后，买了一碗稀饭，即使只有一小盏萝卜干下稀饭，反而觉得舒畅，有意味。

　　如果有什么友人做喜事，或寿事，在某某花园，某某旅社的大厅里，大张旗鼓地宴客，不幸我们是被邀请了，更不幸我们是太熟的友人，不能不到，也不能道完了喜或拜完了寿，立刻就托词溜走的，于是这又是一个可怕的黄昏。常常地张大了两眼，在寻找熟人。好容易找到了，一定要紧紧地和他们挤在一处，不敢失散。到了坐席时，便至少有两三人在一块儿可以谈谈了，不至于一个人独自地局促在一群生面孔的人当中，惶恐而且空虚。当我们两三人在津津地谈着自己的事时，偶然抬起眼来看着对面的一个坐客，他是凄然无侣地坐着；大家酒杯举了，他也举着；菜来了，一个人说："请，请。"同时把牙箸伸到盘边，他也说："请，请。"也同样的把牙箸伸出。除了吃菜之外，他没有目的，菜完了，他便局促地独坐着。我们见了他，总要代他难过，然而他终于能够终了席方才起身离座。

宴会之趣味如果仅是这样的，那么，我们将咒诅那第一个发明请客的人；喝酒的趣味如果仅是这样的，那么，我们也将打倒杜康与狄奥尼修士了。

然而又有的宴会却幸而并不是这样的；我们也还有别的可以引起喝酒的趣味的环境。

独酌，据说，那是很有意思的。我少时，常见祖父一个人执了一把锡的酒壶，把黄色的酒倒在白瓷小杯里，举了杯独酌着；喝了一小口，真正一小口，便放下了，又拿起筷子来夹菜。因此，他食得很慢，大家的饭碗和筷子都已放下了，且已离座了，而他却还在举着酒杯，不匆不忙地喝着。他的吃饭，尚在再一个半点钟之后呢。而他喝着酒，颜微酡着，常常叫道："孩子，来。"而我们便到了他的跟前。他夹了一块只有他独享着的菜蔬放在我们口中，问道："好吃么？"我们往往以点点头答之。在孙男与孙女中，他特别地喜欢我，叫我前去的时候尤多。常常地，他把有了短髭的嘴吻着我的面颊，微微有些刺痛，而他的酒气从他的口鼻中直喷出来。这是使我很难受的。

这样地，他消磨过了一个中午和一个黄昏。天天都是如此。我没有享受过这样的乐趣。然而回想起来，似乎他那时是非常地高兴，他是陶醉着，为快乐的雾所围着，似乎他的沉重的忧郁都从心上移开了，这里便是他的全个世界，而全个世界也便是他的。

别一个宴之趣，是我们近几年所常常领略到的，那就是集合了好几个无所不谈的朋友，全座没有一个生面孔，在随意地喝着酒，吃着菜，上天下地地谈着。有时说着很轻妙的话，说着很可发笑的话，有时是如火如剑的激动的话，有时是深切的论学谈艺的话，有时是随意地取笑着，有时是面红耳热地争辩着，有时是高妙的理想在我们的谈锋上触着，有时是恋爱的遇合与家庭的与个人的身世使我们谈个不休。每个人都把他的心胸赤裸裸地袒开了，每个人都把他的向来不肯给人看的面孔显露出来了；每个人都谈着，谈着，谈着，只有更兴奋地谈着，毫不觉得"疲倦"是怎么一个样子。酒是喝得干了，菜是已经没有了，而他们却还是谈着，谈着，谈着。那个地方，即使是很喧闹的，很湫狭的，向来所不愿意多坐的，而这时大家却都忘记了这些事，只是谈着，谈着，谈着，没有一个人愿意先说起告别的话。要不是为了戒严或家庭的命令，竟不会有人想走开的。虽然这些闲谈都是琐屑之至的，都是无意味的，而我们却已在其间得到宴之趣了——其实在这些闲谈中，我们是时时可发现许多珠宝的；大家都互相地受着影响，大家都更进一步了解他的同伴，大家都可以从那里得到些教训与利益。

"再喝一杯，只要一杯，一杯。"

"不，不能喝了，实在的。"

不会喝酒的人每每这样地被强迫着而喝了过量的酒。面部红红的，映在灯光之下，是向来所未有的壮美的风采。

"圣陶，干一杯，干一杯！"我往往地举起杯来对着他说，我是很喜欢一口一杯地喝酒的。

"慢慢地，不要这样快，喝酒的趣味，在于一小口一小口地喝，不在于'干杯'！"圣陶反抗似的说，然而终于他是一口干了。一杯又是一杯。

连不会喝酒的愈之、雁冰，有时，竟也被我们强迫地干了一杯。于是大家哄然地大笑，是发出于心之绝底的笑。

再有，佳年好节，合家团圆地坐在一桌上，放了十几双的红漆筷子，连不在家中的人也都放着一双筷子，都排着一个座位。小孩子笑滋滋地闹着吵着，母亲和祖母温和地笑着，妻子忙碌着，指挥着厨房中厅堂中仆人们的做菜，端菜，那也是特有一种融融泄泄的乐趣，为孤独者所妒羡不止的，虽然并没有和同伴们同在时那样的宴之趣。

还有，一对恋人独自在酒店的密室中晚餐；还有，从戏院中偕了妻子出来，同登酒楼喝一二杯酒；还有，伴着祖母或母亲在熊熊的炉火旁边，放了几盏小菜，闲吃着宵夜的酒，那都是使身临其境的人心醉神怡的。

宴之趣是如此的不同呀！

最后一课

口头上慷慨激昂的人，未见得便是杀身成仁的志士。无数的勇士，前仆后继地倒下去，默默无言。

好几个汉奸，都曾经做过抗日会的主席，首先变节的一个国文教师，却是好使酒骂座，惯出什么"富贵不能淫，威武不能屈"一类题目的东西；说是要在枪林弹雨里上课，绝对的"宁为玉碎，不为瓦全"的一个校长，却是第一个屈膝于敌伪的教育界之蟊贼。

然而默默无言的人们，却坚定地做着最后的打算，抛下了一切，千山万水地，千辛万苦地开始长征，绝不做什么"为国家保存财产、文献"一类的借口的话。

上海国军撤退后，头一批出来做汉奸的都是些无赖之徒，或愍不畏死的东西。其后，却有"我不入地狱谁入地狱"的维持地方的人物出来了。再其后，却有以"救民"为幌子，而喊着"同文同种"的合作者出来。到了珍珠港的袭击以后，自有一批最傻的傻子们相信着日本政策的改变，在做着"东亚人的东亚"的白日梦，吃尽了"独苦"，反以为"同甘"，被人家拖着"共死"，却糊涂到要挣扎着"同生"。其实，这一类的东西也不太多。自命为聪明的人物，是一贯地利用时机，作着升官发财的计划。其或早或迟的蜕变，乃是作恶的勇气够不够，或替自己打算得周到不周到的问题。

默默无言的坚定的人们，所想到的只是如何抗敌救国的问题，压根儿不曾梦想到"环境"的如何变更，或敌人对华政策的如何变动、改革。

所以他们也有一贯的计划，在最艰苦的情形之下奋斗着，绝对地不做"苟全"之梦；该牺牲的时机一到，便毫不踌躇地踏上应走的大道，义无反顾。

十二月八号是一块试金石。

这一天的清晨，天色还不曾大亮，我在睡梦里被电话的铃声惊醒。

"听到了炮声和机关枪声没有？"C在电话里说。

"没有听见。发生了什么事？"

"听说日本人占领租界，把英国兵缴了械，黄浦江上的一只英国炮舰被轰沉，一只美国炮舰投降了。"

接连地又来了几个电话，有的从报馆里的朋友打来的。事实渐渐地明白。

英国军舰被轰沉，官兵们凫水上岸，却遇到了岸上的机关枪的扫射，纷纷地死在水里。

日本兵依照着预定的计划，开始从虹口或郊外开进租界。

被认为孤岛的最后一块弹丸地，终于也沦陷于敌手。

我匆匆地跑到了康脑脱路的暨大。

校长和许多重要的负责者们都已经到了。立刻举行了一次会议。简短而悲壮的，立刻议决了：

"看到一个日本兵或一面日本旗经过校门时，立刻停课，将这大学关闭结束。"

太阳光很红亮地晒着，街上依然地熙来攘往，没有一点异样。

我们依旧地摇铃上课。

我授课的地方，在楼下临街的一个课室，站在讲台上，可以望得见街。学生们不到的人很少。

"今天的事。"我说道，"你们都已经知道了吧？"学生们都点点头。"我们已经议决，一看到一个日本兵或一面日本旗经过校门，立刻便停课，并且立即地将学校关闭结束。"

学生们的脸上都显现着坚毅的神色，坐得挺直的，但没有一句话。

"但是我这一门功课还要照常地讲下去，一分一秒钟也不停顿，直到看见了一个日本兵或一面日本旗为止。"

我不荒废一秒钟的工夫，开始照常地讲下去。学生们照常地笔记着，默默无声的。

这一课似乎讲得格外的亲切，格外的清朗，语音里自己觉得有点异样，似带着坚毅的决心，最后的沉着。像殉难者的最后的晚餐，像冲锋前的士兵们上了刺刀，"引满待发"。

然而镇定、安详，没有一丝的紧张的神色。该来的事变，一定会来的。一切都已准备好。

谁都明白这"最后一课"的意义。我愿意讲得愈多愈好；学生们愿意笔记得愈多愈好。

讲下去，讲下去，讲下去。恨不得把所有的应该讲授的东西，统统在这一课里讲完了它；学生们也沙沙地不停地在抄记着。心无旁用，笔不停挥。

别的十几个课室里也都是这样的情形。

对于要"辞别"的，要"离开"的东西，觉得格外地恋恋。黑板显得格外的光亮，粉笔是分外的白而柔软适用，小小的课桌，觉得十分的可爱，学生们靠在课椅的扶手上，抚摩着，也觉得十分地难分难舍。那晨夕与共的椅子，曾经在扶手上面用钢笔、铅笔或铅笔刀，有意识或无意识地涂写着，刻画着许多字或句的，如何舍得一旦离别了呢！

街上依然的平滑光鲜，小贩们不时地走过，太阳光很有精神地晒着。

我的表在衣袋里嘀嘀地嗒嗒地走着，那声音仿佛听得见。

没有伤感，没有悲哀，只有坚定的决心，沉毅异常地在等待着——等待着最后一刻的到来。

远远地有沉重的车轮碾地的声音可听到。

几分钟后，有几辆满载着日本兵的军用车，经过校门口，由东向西，徐徐地走过，当头一面旭日旗，血红的一个圆圈，在迎风飘荡着。

时间是上午十时三十分。

我一眼看见了这些车子走过去，立刻挺直了身体，做着立正的姿势，沉毅地合上了书本，以坚决的口气宣布道：

"现在下课！"

学生们一致地立了起来，默默地不说一句话，有几个女生似在低低地啜泣着。

没有一个学生有什么要问的，没有迟疑，没有踌躇，没有彷徨，没有顾虑。个个人都已决定了应该怎么办，应该向哪一个方面走去。

赤热的心，像钢铁铸成似的坚固，像走着鹅步的仪仗队似的一致。

从来没有那么无纷纭地一致地坚决过，从校长到工役。

这样地，光荣的国立暨南大学在上海暂时结束了她的生命。默默地在忙着迁校的工作。

那些喧哗的慷慨激昂的东西们，却在忙碌地打算着怎样维持他们的学校，借口于学生们的学业，校产的保全与教职员们的生活问题。

秋夜吟

　　幸亏找到小石。这一年的夏天特别热，整个夏天我以面包和凉开水作为午餐；等太阳下去，才就从那蛰居小楼的蒸烤中溜出来，嘘一口气，兜着圈子。走冷僻的路到他家里，用我们的话，"吃一顿正式的饭"。

　　小石是一个顽皮的学生，在教室里发问最多，先生们一不小心，就要受窘。但这次在忧患中遇见，他却变得那么沉默寡言了。既不问我为什么不到内地去，也不问我在上海还有什么任务，当然不问我为什么不住在庙弄，绝对不问我如今住在什么地方。

　　我突然地找到他了，突然每晚到他家里吃饭了，然而这仿佛是平常不过的事，早已如此，一点不突然。料理饮食的也是小石一位朋友的老太太，我们共同享用着正正式式的刚煮好的饭，还有汤，——那位老太太在午间从不为自己弄汤菜，那是太奢侈了。——在那里，我有一种安全的感觉。直到有一次我在这"晚宴"上偶然缺席，第二天去时看到他们的脸上是怎样从焦虑中得到解放，才知道他们是如何理解我的不安全。那位老太太手里提着铲刀，迎着我说："哎呀，郑先生，您下次不来吃饭最好打电话来关照一声啊，我们还当您怎么了呢。"

然而小石连这个也不说。

于是只好轮到我找一点话，在吃过晚饭以后，什么版画、元曲、变文、老庄哲学，都拿来乱谈一顿，自己听听很像是在上文学史之类，有点可笑。

于是我们就去遛马路。

有时同着二房东的胖女孩，有时拉着后楼的小姐L，大家心里舒舒坦坦地出去"走风凉"，小石是喜欢魏晋风的，就名之谓"行散"。

遛着遛着也成为日课，一直到光脚踏屐的清脆叩声渐渐冷落下来，后门口乘风凉的人们都缩进屋里去了，我们行散的兴致依然不减。

秋天的黄昏比夏天的更好，暮霭像轻纱似的一层一层笼罩上来，迷迷糊糊的雾气被凉风吹散。夜了，反觉得亮了些，天蓝得清清净净，撑得高高的，嵌出晶莹皎洁的月亮，真是濯心涤神，非但忘却追捕、躲避、恐怖、愤怒，直要把思维上腾到国家世界以外去。

我们一边走着，一边谈性灵，谈人类的命运，争辩月之美是圆时还是缺时，是微云轻抹还是万里无垠……

　　小石的住所朝南再朝南，是徐家汇路，临着一条河，河南大都是空地和田，没有房子遮着，天空更畅得开。我们从打浦桥顺着河沿往下走往下走，把一道土堆算城墙，又一幢黑魆魆的房屋算童话里的堡垒，听听河水是不是在流。

　　走得微倦，便靠在河边一株横倒的树干上，大家都不谈话。

　　可是一阵风吹过来，夹着河水污浊的气味，熏得我们站起来。这条河在白天原是不可向迩的。"夜只是遮盖，现实到底是现实，不能化朽腐为神奇！"小石叹了口气。

　　觉着有点凉，我随手取起了放在树干上的外衣，想穿。"嘎！"L叫了起来，"有毛毛虫。"外衣上附着两只毛虫呢，连忙抖拍下去。大家一阵忙，皮肤起着栗，好像有虫在爬。

　　"不要神经过敏，听，叫哥哥在叫呢。"

　　"不，那是纺织娘。"

　　"哪里，那一定是铜管娘。"

　　"什么铜管娘，昆虫学里没有的名字。"

　　其实谁也没有研究过昆虫学。热心地争论起来了，把毛毛虫的不快就此抖掉。

　　"听，那边更多呢。"

　　一路倾听过去，忽然有一个孩子的声音叫：

　　"在这里了。"

　　那是一个穿了睡衣裤的小孩，手里执着小竹笼，一条辫子梢上还系着红线，一条辫子已经散了，大概是睡了听见叫哥哥叫得热闹又爬起来的。

"你不要动，等我捉。"铁丝网那边的丛莽中有一个男人在捉，看样子很是外行，拿了盒火柴，一根根划着。

秋虫的声音到处都是，可是去捉呢，又像在这里，又像在那里，孩子怕铁丝网刺他，又急着捉不到，直叫。

小石也钻进丛莽里去了。

一个骑自行车的人经过，也停了下来，放好了车，取下了车上的电石灯，也加入去捉了。

这人可是个惯家，捉了一会儿，他说："不行，这样，你拿着灯，我们来捉。"原来的男人很听话地赶快把灯接过来，很合拍地照亮着。

果然，不一会儿，骑自行车的人就捉到了一只，大家钻出来，孩子喜欢得直跳。

骑自行车的人大大的手里夹着叫哥哥，因为感觉到大家欣赏他的成功而害羞，怯怯地说道："给谁呢？给谁呢？"

原来在捉的男人就推给小石说："先给他吧，他不会捉的。"孩子也说："给你吧，我们还好再捉。"

小石被这亲热的推让和赠予弄得不好意思起来，连忙走开去，说："哪里，哪里，我原不想要，我是帮你们捉的。"想想自己又不会捉，又改说，"我不过凑凑热闹。"

　　我们也说："小妹妹别客气了，把它放在笼子里吧，看跳掉了。"

　　那个孩子才欢欢喜喜感谢地要了，男人和骑自行车的人又钻进丛莽中去。

　　小石一边走，一边笑，一边咕噜："我又不是小孩子。推给我做什么。"

　　L说："人家当你比那个小孩还小啦，这又有什么可脸红的呢。"

　　于是小石就辩了："月亮光底下看得出脸红脸白么？"

　　其实我们大家都饫饮这善良的温情而陶然了。

　　走得很远，回过头去，还看得见丛莽里一闪一闪亮着自行车的摩电灯。

唯一的听众

用父亲和妹妹的话来说，我在音乐方面简直是一个白痴。这是他们在经受了数次"折磨"之后下的结论。在他们听起来，我拉小夜曲就像在锯床腿。这些话使我感到十分沮丧，我不敢在家里练琴了。我发现了一个练琴的好地方，楼区后面的小山上有一片树林，地上铺满了落叶。

一天早晨，我蹑手蹑脚地走出家门，心里充满了神圣感，仿佛要去干一件非常伟大的事情。林子里静极了。沙沙的足音，听起来像举行一曲悠悠的小令。我在一棵树下站好，庄重地架起小提琴，像举行一个隆重的仪式，拉响了第一支曲子。但我很快就沮丧了，我觉得自己似乎又将那把锯子带到了林子里。

当我感觉到身后有人并转过身时，吓了一跳，一位极瘦极瘦的老妇人静静地坐在一张木椅上，她双眼平静地望着我。我的脸顿时烧起来，心想，这么难听的声音一定破坏了这林中和谐的美，一定破坏了这老人正独享的幽静。

　　我抱歉地冲老人笑了笑，准备溜走。老人叫住我，说："是我打搅了你了吗，小伙子？不过，我每天早晨都在这儿坐一会儿。"一束阳光透过叶缝照在她的满头银丝上，"我想你一定拉得非常好，可惜我的耳朵聋了。如果不介意我在场，请继续吧。"

　　我指了指琴，摇了摇头，意思是说我拉不好。

　　"也许我会用心去感受这音乐。我能做你的听众吗，每天早晨？"

　　我被这位老人诗一般的语言打动了。我羞愧起来，同时有了几分兴奋。嘿，毕竟有人夸我了，尽管她是一个可怜的聋子。我拉了起来。以后，每天清晨，我都到小树林去练琴，面对我唯一的听众，一位耳聋的老人。她一直很平静地望着我。我停下来时，她总不忘说一句："真不错，我的心已经感受到了。谢谢你，小伙子。"我心里洋溢着一种从未有过的感觉。

　　很快，我就发觉自己变了，家里人也流露出一种难以置信的表情。我又在家里练琴了。从我紧闭小门的房间里，常常传出基本练习曲的乐声。若在以前，妹妹总会敲敲门，装作一副可怜的样子说："求求你，饶了我吧！"而现在，我已经不在乎了。当我感觉到这一点时，一种力量在我身上潜滋暗长。我不再坐在木椅上，而是站着练习。我站得很直，两臂累得又酸又痛，汗水早就湿透了衬衣。同时，每天清晨，我都要面对一个耳聋的老妇人全力以赴地演奏；而我唯一的听众也一定早早地坐在木椅上等我了。有一次，她竟说我的琴声能给她带来快乐和幸福。更要命的是我常常会忘记了她是个可怜的聋子！

我一直珍藏着这个秘密，直到有一天，我的一曲《月光奏鸣曲》让专修音乐的妹妹大吃一惊，从她的表情中我知道她的感觉一定不是在欣赏锯床腿了。妹妹逼问我得到了哪位名师的指点，我告诉她："是一位老太太，就住在12号楼，非常瘦，满头白发，不过——她是一个聋子。"

"聋子？"妹妹惊叫起来，"聋子！多么荒唐！她是音乐学院最有声望的教授，更重要的，她曾是乐团的首席小提琴手！你竟说她是聋子！"

我一直珍藏着这个秘密，珍藏着一位老人美好的心灵。每天清晨，我还是早早地来到林子里，面对着这位老人，这位耳"聋"的音乐家，我唯一的听众，轻轻调好弦，然后静静拉起一支优美的曲子。我渐渐感觉我奏出了真正的音乐，那些美妙的音符从琴弦上缓缓流淌着，充满了整个林子，充满了整个心灵。我们没有交谈过什么，只是在一个美丽的早晨，一个人轻轻地拉，一个人静静地听。老人靠在木椅上，微笑着，手指悄悄打着节奏。她慈祥的眼睛平静地望着我，像深深的潭水……

后来，拉小提琴成了我无法割舍的爱好。在各种文艺晚会上，我有机会面对成百上千的观众演奏小提琴曲。每当拿起小提琴，我眼前就浮现出那位耳"聋"的老人，那清晨里我唯一的听众……

永在的温情

一个个的可恋念的旧友，

一次次的忘不了的称心称意的谈话，

即今细念着、细味着，

也还可以暂忘了那抬头即见的墨蓝色的海水，

海水，海水呢。

记黄小泉先生

　　我永远不能忘记了黄小泉先生，他是那样的和蔼、忠厚、热心、善诱。受过他教诲的学生们没有一个能够忘记他。

　　他并不是一位出奇的人物，他没有赫赫之名；他不曾留下什么有名的著作，他不曾建立下什么令年轻人眉飞色舞的功勋。他只是一位小学教员，一位最没有野心的忠实的小学教员。他一生以教人为职业，他教导出不少位的很好的学生。他们都跑出他的前面，跟着时代走去，或被时代拖了走去。但他留在那里，永远地继续地在教诲，在勤勤恳恳地做他的本分的事业。他做了五年，做了十年，做了二十年的小学教员，心无旁骛，志不他迁，直到他儿子炎甫承继了他的事业之后，他方才歇下他的担子，去从事一件比较轻松些、舒服些的工作。

　　他是一位最好的公民。他尽了他所应尽的最大的责任；不曾一天躲过懒，不曾想到过变更他的途程。——虽然在这二十年间尽有别的机会给他向比较轻松些、舒服些的路上走去。他只是不息不倦地教诲着，教诲着，教诲着。

小学校便是他的家庭之外的唯一的工作与游息之所。他没有任何不良的嗜好，连烟酒也都不入口。

有一位工人出身的厂主，在他从绑票匪的铁腕之下脱逃出来的时候，有人问他道："你为什么会不顾生死地脱逃出来呢？"

他答道："我知道我会得救。我生平不曾做过一件亏心的事，从工厂出来便到礼拜堂，从家里出来便到工厂。我知道上帝会保佑我的。"

小泉先生的工厂，便是他的学校，而他的礼拜堂也便是他的学校。他是确确实实地不曾到过第三个地方去；从家里出来便到学校，从学校出来便到家里。

他在家里是一位最好的父亲。他当然不是一位公子少爷，他父亲不曾为他留下多少遗产，也许只有一所三四间屋的瓦房——我已经记不清了，说不定这所瓦房还是租来的。他的薪水的收入是很微小的。但他的家庭生活很快活。他的儿子炎甫从少是在他的"父亲兼任教师"的教育之下长大的。炎甫进了中学，可以自力研究了，他才放手。但到了炎甫在中学毕业之后，却因为经济的困难，没有希望升学，只好也在家乡做着小学教员。炎甫的收入极小，他的帮助当然是不多。这几十年间，他们的一家，这样地在不充裕的生活里度过。

但他们很快活。父子之间，老是像朋友似的在讨论着什么，在互相帮助着什么。炎甫结了婚。他的妻是我少时候很熟悉的一位游伴。她在他们家里觉得很舒服，他们从不曾有过什么不愉快的争执。

小泉先生在学校里，对于一般小学生的态度，也便是像对待他自己的儿子炎甫一样；不当他们是被教诲的学生们，不以他们为知识不充足的小人们；他只当他们是朋友，最密切亲近的朋友。他极善诱导启发，出之以至诚，发之于心坎。我从不曾看见他对于小学生有过疾言厉色的责备。有什么学生犯下了过错，他总是和蔼地在劝告，在叙谈，在闲话。

没有一个学生怕他，但没有一个学生不敬爱他。

他做了二十年的高等小学校的教员，校长。他自己原是科举出身，对于新式的教育却努力地不断地在学习，在研究，在讨论。在内地，看报的人很少，读杂志的人更少；我记得他却订阅了一份《教育杂志》，这当然给他以不少的新的资料与教导法。

他是一位教国文的教师。所谓国文，本来是最难教授的东西；清末到民国六七年间的高等小学的国文，尤其是困难中之困难。不能放弃了旧的《四书》《五经》，同时又必须应用到新的教科书。教高小学生以《左传》《孟子》和《古文观止》之类是"对牛弹琴"之举。但小泉先生却能给我们以新鲜的材料。

我在别一个小学校里，国文教员拖长了声音，板正了脸孔，教我读《古文观止》。我至今还恨这部无聊的选本！

但小泉先生教我念《左传》，他用的是新的方法，我却很感到趣味。

仿佛是到了高小的第二年，我才跟从了小泉先生念书，我第一次有了一位不可怕而可爱的先生。这对于我爱读书的癖性的养成是很有关系的。

高小毕业后，预备考中学。曾和炎甫等几个同学，在一所庙宇里补习国文。教员也便是小泉先生。在那时候，我的国文，进步得最快。我第一次学习着作文。我永远不能忘记了那时候的快乐的生活。

到进了中学校，那国文教师又在板正了脸孔，拖长了声音在念《古文观止》！求小泉先生时代那么活泼善诱的国文教师是终于不可得了！

所以，受教的日子虽不很多，但我永远不能忘记了他。

他和我家有世谊，我和炎甫又是很好的同学，所以，虽离开了他的学校，他还不断地在教诲我。

假如我对于文章有什么一得之见的话，小泉先生便是我的真正的"启蒙先生"，真正的指导者。

我永远不能忘记了他，永远不能忘记了他的和蔼、忠厚、热心、善诱的态度——虽然离开了他已经有十几年，而现在是永不能有再见到他的机会了。

但他的声音笑貌在我还鲜明如昨日！

永在的温情

——纪念鲁迅先生

十月十九日下午五点钟，我在一家编译所一位朋友的桌上，偶然拿起了一份刚送来的Evening Post，被这样的一个标题："中国的高尔基今晨五时去世"惊骇得一跳。连忙读了下来，这惊骇变成了事实：果然是鲁迅先生去世了！

这消息像闷雷似的，当头打了下来，呆坐在那里不言不动。

谁想得到这可怕的噩耗竟这样地突然地来呢？

鲁迅先生病得很久了，间歇地发着热，但热度并不甚高。一年以来，始终不曾好好地恢复过，但也从不曾好好地休息过。半年以来，情形尤显得不好。缠绵在病榻上者总有三四个月，朋友们都劝他转地疗养，他自己也有此意。前一个月，听说他要到日本去。但茅盾告诉我，"双十节"那一天还遇见他在Isis看Dobrovsky；中国木刻画展览会，他也曾去参观。总以为他是渐渐地复原了，能够出来走走了。谁又想得到这可怕的噩耗竟这样突然地来呢？

刚在前几天，他还有信给我，说起一部书出版的事；还附带地说，想早日看见《十竹斋笺谱》的刻成。我还没有来得及写回信。谁想得到这可怕的噩耗竟这样地突然地来呢？

我一夜不曾好好地安心地睡。

第二天赶到万国殡仪馆，站在他遗像的面前，久久地走不开。再一看，他的遗体正在像下，在鲜花的包围里，面貌还是那么清癯而带些严肃，但双眼却永远地闭上了！

我要哭出来，大声地哭，但我那时竟流不出眼泪，泪水为悲戚所灼干了。我站在那里，久久地走不开。我竟不相信，他竟是那样突然地便离我们而远远地向不可知的所在而去了。

但他的友谊的温情却是永在的，永在我的心上——也永在他的一切友人的心上，我相信。

初和他见面时，总以为他是严肃的、冷酷的。他的瘦削的脸上，轻易不见笑容。他的谈吐迟缓而有力，渐渐地谈下去，在那里面，你便可以发现其可爱的真挚、热情的鼓励与亲切的友谊。他虽不笑，他的话却能引你笑。和他的兄弟启明先生一样，他是最可谈、最能谈的朋友，你可以坐在他客厅里，他那间书室兼卧室里，坐上半天，不觉得一点拘束，一点不舒服。什么话都谈，但他的话头却总是那么有力。他的见解往往总是那么正确。你有什么怀疑、不安，由于他的几句话也许便可以解决你的问题，鼓起你的勇气。

失去了这样的一位温情的朋友，就个人讲，将是怎样的一个损失呢？

他最勤于写作，也最鼓励人写作。他会不惮烦地几天几夜地在替一位不认识的青年，或一位不深交的朋友，改削创作，校正译稿。其仔细和小心远过于一位私塾的教师。

他曾和我谈起一件事：有一位不相识的青年寄一篇稿子来请求他改，他仔仔细细地改了寄回去。那青年却写信来骂他一顿，说被改涂得太多了。第二次又寄一篇稿子来，他又替他改了寄回去，这一次的回信，却责备他改得太少。

"现在做事真难极了！"他慨叹地说道。对于人的不易对付，和做事之难，他这几年来时时地深切地感到。

但他并不灰心，仍然地在做着吃力不讨好的改削创作，校正译稿的事，挣扎着病躯，深夜里，仔仔细细地为不相识的青年或不深交的朋友在工作。

这样的温情的指导者和朋友，一旦失去了，将怎样地令人感到不可补赎之痛呢？

他所最恨的是那些专说风凉话而不肯切实地做事的人。会批评，但不工作；会讥嘲，但不动手；会傲慢自夸，但永远拿不出东西来，像那样的人物，他是不客气地要摈之门外，永不相往来的。所谓无诗的诗人，不写文章的文人，他都深诛痛恶地在责骂。

他常感到"工作"的来不及做，特别是在最近一二年，凡做一件事，都总要快快地做。

"迟了恐怕要来不及了。"这句话他常在说。

那样的清楚的心境，我们都是同样地深切地感到的。想不到他自己真的便是那么快地便逝去，还留下要做的许多事没有来得及做——但，后死者却要继续他的事业下去的!

我和他第一次的相见是在同爱罗先珂到北平去的时候。

他着了一件黑色的夹外套，戴着黑色呢帽，陪着爱罗先珂到女师大的大礼堂里去。我们匆匆地谈了几句话。因为自己不久便回到南边来，在北平竟不曾再见一次面。

后来，他自己说，他那件黑色的夹外套，到如今还有时着在身上。

我编《小说月报》的时候，曾不时地通信向他要些稿子。除了说起稿子的事，别的话也没有什么。

最早使我笼罩在他温热的友情之下的，是一次讨论到"三言"问题的信。

我在上海研究中国小说，完全像盲人骑瞎马，乱闯乱摸，一点凭借都没有，只是节省着日用，以浅浅的薪水购书，而即以所购入之零零落落的破书，作为研究的资源。那时候实在贫乏得、肤浅得可笑，偶尔得到一部原版的《隋唐演义》却以为是了不得的奇遇，至于"三言"之类的书，却是连梦魂里也不曾读到。

他的《中国小说史略》的出版，减少了许多我在暗中摸索之苦。我有一次写信问他《醒世恒言》《警世通言》及《喻世明言》

的事，他的回信很快地便来了，附来的是他抄录的一张《醒世恒言》的全目。——这张目录我至今还保全在我的一部《中国小说史略》里。他说，《喻世》《警世》，他也没有见到，《醒世恒言》他只有半部，但有一位朋友那里藏有全书。所以他便借了来，抄下目录寄给我。

当时，我对于这个有力的帮助，说不出应该怎样地感激才好。这目录供给了我好几次的应用。

后来，我很想看看《西湖二集》（那部书在上海是永远不会见到的），又写信问他有没有此书。不料随了回信同时递到的却是一包厚厚的包裹。打开了看时，却是半部明末版的《西湖二集》，附有全图。我那时实在眼光小得可怜，几曾见过几部明版附插图的平话集？见了这《西湖二集》为之狂喜！而他的信道：他现在不弄中国小说，这书留在手边无用，送了给我吧。这贵重的礼物，从一个只见一面的不深交的朋友那里来，这感动是至今跃跃在心头的。

我生平从没有意外的获得。我的所藏的书，一部部都是很辛苦的设法购得的；购书的钱，都是中夜灯下疾书的所得或减衣缩食的所余。一部部书都可看出我自己的夏日的汗，冬夜的凄栗，有红丝的睡眼，右手执笔处的指端的硬茧和酸痛的右臂。但只有这一集可宝贵的书，乃是我书库里唯一的友情的赠予——只有这一部书！

现在这部《西湖二集》也还堆在我最宝爱的几十部明版书的中间，看了它便要泫然泪下。这可爱的直率的真挚的友情，这不意中的难得的帮助，如今是不能再有了！

但我心头的温情是永在的——这温情也永在他的一切友人的心上，我相信。

"九一八"以后，他到过北平一趟，得到青年人最大的热烈的欢迎。但过了几天，便悄悄地走了。他原是去探望他母亲的病去的，我竟来不及去看他。

但那一年寒假的时候，我回到上海，到他寓所时，他便和我谈起在北平的所获。

"木刻画如今是末路了，但还保存在笺纸上。不过，也难说保全得不会久。"他深思地说道。

他搬出不少的彩色笺纸，来给我看，都是在北平时所购得的。

"要有人把一家家南纸店所出的笺纸，搜罗了一下，用好纸刷印个几十部，作为笺谱，倒是一件好事。"他说道。

过了一会儿，他又道："这要住在北平的人方能做事。我在这里不能做这事。"

我心里很跃动，正想说："那么，我来做吧。"而他慢吞吞地续说道："你倒可以做，要是费些工作，倒可以做。"

我立刻便将这责任担负了下来，但说明搜集而得的笺纸，由他负选择之责。我相信他的选择要比我高明得多。

以后，我一包一包地将购得的笺样送到上海，经他选择后，再一包一包地寄回。

中间，我曾因事把这工作停顿了二三个月。他来信说："这事我们得赶快做，否则，要来不及做，或轮不到我们做。"

在他的督促和鼓励之下，那六巨册的美丽的《北平笺谱》方才得以告成。

有一次，我到上海来，带回了亡友王孝慈先生所藏的《十竹斋笺谱》四册，顺便地送到他家里给他看。

这部谱，刻得极精致，是明末版画里最高的收获，但刻成的年月是崇祯十六年（1643）的夏天，所以流传得极少。

"这部书似也不妨翻刻一下。"我提议道。那时，我为《北平笺谱》的成功所鼓励，勇气有余。

"好的，好的，不过要赶快做！"他道。

想不到全部要翻刻，工程浩大无比，所耗也不赀，几乎不是我们的力量所及。第一册已出版了，第二册也刻好待印；而鲁迅先生却等不及见到第三册以下的刻成了！

对于美好的东西，似乎他都喜爱。我曾经有过一个意思，要集合六朝造像及墓志的花纹刻为一书。但他早已注意及此了。他告诉我说，他所藏的六朝造像的拓本也不少，如今还在陆续地买。

他是最能分别得出美与丑，永远的不朽与急就的草率的。

除了以朽腐为神奇，而沾沾自喜，向青年们施以毒害的宣传之外，他对于古代的遗产，决不歧视，反而抱着过分的喜爱。

他曾经告诉过我，他并不反对袁中郎；中郎是十分方巾气的，这在他文集里便可见。他所厌弃、所斥责的乃是只见中郎的一面，而恣意鼓吹着的人物。

京平刚从鲁迅先生那里得到最大的鼓励。他感激得几乎哭出来。但想不到鲁迅竟这样地突然地过去了！

第三天，我在万国殡仪馆门口遇见他；他的嘴唇在颤动，眼圈在红。

第四天，从万国公墓归来后，他给我一封信道："我心已经分裂。我从到达公墓时，就失去了约束自己的力量，一直到墓石封合了！我竟痛哭失声。先生，这是我平生第一痛苦的事了，他匆匆地瞥了我一眼，就去了——"

但他并没有去。他的温情永在我的心头——也永在他的一切友人的心上，我相信！

悼夏丏尊先生

夏丏尊先生死了，我们再也听不到他的叹息，他的悲愤的语声了；但静静地想着时，我们仿佛还都听见他的叹息，他的悲愤的语声。

他住在沦陷区里，生活紧张而困苦，没有一天不在愁叹着。是悲天？是悯人？

胜利到来的时候，他曾经很天真地高兴了几天。我们相见时，大家都说道："好了，好了！"各个人的脸上似乎都泯没了愁闷，耀着一层光彩。他也同样地说道："好了，好了！"

然而很快地，便又陷入愁闷之中。他比我们敏感，他似乎失望，愁闷得更迅快些。

他曾经很高兴地写过几篇文章，提出些正面的主张出来。但过了一会儿，便又沉默下去，一半是为了身体逐渐衰弱的关系。

他是一个自由主义者，反对一切的压迫和统制。他最富于正义感，看不惯一切的腐败、贪污的现象。他自己曾经说道："自恨自己怯弱，没有直视苦难的能力，却又具有着对于苦难的敏感。"又道："记得自己幼时，逢大雷雨躲入床内；得知家里要杀鸡就立刻逃避；看戏时遇到《翠屏山》《杀嫂》等戏，要当场出彩，预先俯下头去；以及妻每次产时，不敢走入产房，只在别室中闷闷地听着妻的呻吟声，默祷她安全的光景。"（均见《平屋杂文》）

这便是他的性格。他表面上很恬淡，其实心是热的，他仿佛无所褒贬，其实心里是泾渭分得极清的。在他淡淡的谈话里，往往包含着深刻的意义。他反对中国人传统的调和与折中的心理。他常常说，自己是一个早衰者，不仅在身体上，在精神上也是如此。他有一篇《中年人的寂寞》："我已是一个中年的人。一到中年，就有许多不愉快的现象，眼睛昏花了，记忆力减退了，头发开始秃脱而且变白了，意兴、体力什么都不如年轻的时候，常不禁会感觉得难以名言的寂寞的情味。尤其觉得难堪的是知友的逐渐减少和疏远，缺乏交际上的温暖的慰藉。"

在《早老者的忏悔》里，他又说道："我今年五十，在朋友中原比较老大。可是自己觉得体力减退，已好多年了。三十五六岁以后，我就感到身体一年不如一年，工作起来不得劲，只得是恹恹地勉强挨，几乎无时不觉到疲劳，什么都觉得厌倦，这情形一直到如今。十年以前，我还只四十岁，不知道我年龄的，都以为我是五十岁光景的人，近来居然有许多人叫我'老先生'。论年龄，五十岁的人应该还大有可为，古今中外，尽有活到了七十八十，元气很盛的。可是我却已经老了，而且早已老了。"

这是他的悲哀，但他并不因此而消极，正和他不因寂寞而厌世一样。他常常愤慨，常常叹息，常常悲愁。他的愤慨、叹息、悲愁，正是他的入世处。他爱世、爱人，尤爱"执着"的有所为的人和狷介的有所不为的人。他爱年轻人，他讨厌权威，讨厌做作、虚伪的人。他没有机心，表里如一。他藏不住话，有什么便说什么，所以大家都称他"老孩子"。他的天真无邪之处，的确够得上称为一个"孩子"的。

他从来不提防什么人。他爱护一切的朋友，常常担心他们的安全与困苦。我在抗战时逃避在外，他见了面，便问道："没有什么么？"我在卖书过活，他又异常关切地问道："不太穷困么？卖掉了可以过一个时期吧。"

"又要卖书了么？"他见我在抄书目时问道。

我点点头：向来不作乞怜相，装作满不在乎的神气，有点倔强，也有点傲然。但见到他皱着眉头，同情的叹气时，我几乎也要叹出气来。

他很远地挤上了电车到办公的地方来，从来不肯坐头等，总是挤在拖车里。我告诉他，拖车太颠太挤，何妨坐头等，他总是不改变态度，天天挤，挤不上，再等下一部，有时等了好几部还挤不上。到了办公的地方，总是叹了一口气后才坐下。

"丐翁老了！"朋友们在背后都这么说。我们有点替他发愁，看他显著地一天天地衰老下去。他的营养是那么坏，家里的饭菜不好，吃米饭的时候很少；到了办公的地方时，也只是以一块面包当作午餐。那时候，我们也都吃着烘山芋、面包、小馒头或羌饼之类作午餐，但总想有点牛肉、鸡蛋之类伴着吃，他却从来没有过；偶然是涂些果酱上去，已经算是很奢侈了。我们有时高兴上小酒馆去喝酒，去邀他，他总是不去。

在沦陷时代，他曾经被敌人的宪兵捉去过。据说，有他的照相，也有关于他的记录。他在宪兵队里，虽没有被打、上电刑或灌水之类，但睡在水门汀上，吃着冷饭，他的身体因此益发坏下去。敌人们大概也为他的天真而恳挚的态度所感动吧，后来，对待他很不坏。比别人自由些，只有半个月便被放了出来。

他说，日本宪兵曾经问起了我："你有见到郑某某吗？"他撒了谎，说道："好久好久不见到他了。"其实，在那时期，我们差不多天天见到的。他是那么爱护着他的朋友！

他回家后，显得更憔悴了。不久，便病倒。我们见到他，他也只是叹气，慢吞吞地说着经过，并不因自己的不幸的遭遇而特别觉得愤怒。他永远是悲天悯人的——连他自己也在内。

在晚年，他有时觉得很起劲，为开明书店计划着出版辞典；同时发愿要译《南藏》。他担任的是《佛本生经）（*Jataka*）的翻译，已经译成了若干，有一本仿佛已经出版了。我有一部英译本的*Jataka*，他要借去做参考，我答应了他，可惜我不能回家，托人去找，遍找不到。等到我能够回家，而且找到 *Jataka* 时，他已经用不到这部书了。我见到它，心里便觉得很难过，仿佛做了一件不可补偿的事。

他很耿直，虽然表面上是很随和。他所厌恨的事，隔了多少年，也还不曾忘记。有一次，在一个宴会上遇到了一个他在杭州第一师范学校教书时代的浙江教育厅长，他便有点不耐烦，叨叨地说着从前的故事。我们都觉得窘，但他却一点也不觉得。

他是爱憎分明的！

他从事教育很久，多半在中学里教书。他的对待学生们从来不采取严肃的督责的态度。他只是恳挚地诱导着他们。

> ……我入学之后，常听到同学们谈起夏先生的故事，其中有一则我记得最牢，感动得最深的，是说夏先生最初在一师兼任舍监的时候，有些不好的同学，晚上熄灯、点名之后，偷出校门，在外面荒唐到深夜才回来。夏先生查到之后，并不加任何责罚，只是恳切地劝导。如果一次两次仍不见效，于是夏先生第三次就守候着他，无论怎样夜深都守候着他，守候着了，夏先生对他仍旧不加任何责罚，只是苦口婆心，更加恳切地劝导他，一次不成，二次，二次不成，三次……总要使得犯过者真心悔过，彻底觉悟而后已。
>
> 许志行《不堪回首悼先生》

他是上海立达学园的创办人之一，立达的几位教师对于学生们所应用的也全是这种恳挚的感化的态度。他在国立暨南大学做过国文系主任，因为不能和学校当局意见相同，不久，便辞职不干。此后，便一直过着编译的生活，有时也教教中学。学生们对于他，印象都非常深刻，都敬爱着他。

他对于语文教学，有湛深的研究。他和刘薰宇合编过一本《文章作法》，和叶绍钧合编过《文章讲话》《阅读与写作》及《文心》，也像做国文教师时的样子，细心而恳切地谈着作文的心诀。他自己作文很小心，一字不肯苟且；阅读别人的文章时，也很小心，很慎重，一字不肯放过。从前，《中学生》杂志有过《文章病院》一栏，批评着时人的文章，有发必中；便是他在那里主持着的，他自己也动笔写了几篇东西。

古人说"文如其人"。我们读他的文章，确有此感。我很喜欢他的散文，每每劝他编成集子。《平屋杂文》一本，便是他的第一个散文集子。他毫不做作，只是淡淡地写来，但是骨子里很丰腴。虽然是很短的一篇文章，不署名的，读了后，也猜得出是他写的。在那里，言之有物，是那么深切地混合着他自己的思想和态度。

他的风格是朴素的，正和他为人的朴素一样。他并不堆砌，只是平平地说着他自己所要说的话。然而，没有一句多余的话、不诚实的话，字斟句酌，决不急就。在文章上讲，是"盛水不漏"，无懈可击的。

他的身体是病态的胖肥，但到了最后的半年，显得瘦了，气色很灰暗。营养不良，恐怕是他致病的最大原因。心境的忧郁，也有一部分的因素在内。友人们都说他"一肚皮不合时宜"。在这样一团糟的情形之下，"合时宜"的都是些何等人物，可想而知。怎能怪丐尊的牢骚太多呢！

想到这里，便仿佛还听见他的叹息，他的悲愤的语声在耳边响着。他的忧郁的脸、病态的身体，仿佛还在我们的眼前出现。然而他是去了！永远地去了！那悲天悯人的语调是再也听不到了！

如今是，那么需要由叹息、悲愤里站起来干的人，他如不死，可能会站起来干的。这是超出于友情以外的一个更大的损失。

悼许地山先生

　　许地山先生在抗战中逝世于香港。我那时正在上海蛰居，竟不能说什么话哀悼他。——但心里是那么沉痛凄楚着。我没有一天忘记了这位风趣横逸的好友。他是我学生时代的好友之一，真挚而有益的友谊，继续了二十四五年，直到他的死为止。

　　人到中年便哀多而乐少。想起半生以来的许多友人的遭遇与死亡，往往悲从中来，怅惘无已。有如雪夜山中，孤寺纸窗，卧听狂风大吼，身世之感，油然而生。而最不能忘的，是许地山先生和谢六逸先生，六逸先生也是在抗战中逝去的。记得二十多年前，我住在宝兴西里，他们俩都和我同住着，我那时还没有结婚，过着刻板似的编辑生活，六逸在教书，地山则新从北方来。每到傍晚，便相聚而谈，或外出喝酒。我那时心绪很恶劣，每每借酒浇愁，酒杯到手便干。常常买了一瓶葡萄酒来，去了瓶塞，一口气咕嘟嘟地全都灌下去。有一天，在外面小酒店里喝得大醉归来，他们俩好不容易地把我扶上电车，扶进家门口。一到门口，我见有一张藤的躺椅放在小院子里，便不由自主地躺了下去，沉沉入睡。第二天醒来，却睡在床上。原来他们俩好不容易地又设法把我抬上楼，替我脱了衣服鞋子。我自己是一点知觉也没有了。一想起这两位挚友都已辞世，再见不到他们，再也听不到他们的语声，心里便凄楚欲绝。为什么"悲哀"这东西老跟着人跑呢？为什么跑到后来，竟越跟越紧呢？

地山到北平燕京大学念书。他家境不见得好。他的费用是由闽南某一个教会负担的。他曾经在南洋教过几年书。他在我们这一群未经世故人情磨炼的年轻人里，天然是一个老大哥。他对我们说了许多我们从来没有听到过的话。他有好些书，西文的、中文的，满满地排了两个书架。这是我所最为羡慕的。我那时还在省下车钱来买杂志的时代，书是一本也买不起的。我要看书，总是向人借。有一天傍晚，太阳光还晒在西墙，我到地山宿舍里去。在书架上翻出了一本日本翻版的《泰戈尔诗集》，读得很高兴。站在窗边，外面还亮着。窗外是一个水池，池里有些翠绿欲滴的水草，人工的流泉，在淙淙地响着。

"你喜欢泰戈尔的诗么？"

我点点头，这名字我是第一次听到，他的诗，也是第一次读到。

他便和我谈起泰戈尔的生平和他的诗来。他说道："我正在译他的《吉檀迦利》呢。"随在抽屉里把他的译稿给我看。他是用古诗译的，很晦涩。

"你喜欢的还是《新月集》吧。"便在书架上拿下一本书来，"这便是《新月集》，"他道，"送给你，你可以选着几首来译。"

我喜悦地带了这本书回家。这是我译泰戈尔诗的开始。后来，我虽然把英文本的《泰戈尔集》，陆续地全都买了来，可是得书时的悦喜，却总没有那时候所感到的深切。

我到了上海，他介绍他的二哥敦谷给我。敦谷是在日本学画的，一位孤芳自赏的画家，与人落落寡合，所以，不很得意。我编《儿童世界》时，便请他为我作插图。第一年的《儿童世界》，所有的插图全出于他的手。后来，我不编这周刊了，他便也辞职不干。他受不住别的人的指挥什么的，他只是为了友情而工作着。

地山有五个兄弟，都是真实的君子人。他曾经告诉过我，他的父亲在台湾做官，在那里有很多的地产。当台湾被日本占去时，曾经宣告过，留在台湾的，仍可以保全财产，但离开了的，却要把财产全部没收。他父亲召集了五个兄弟来，问他们谁愿意留在台湾，承受那些财产，但他们全都不愿意。他们一家便这样地舍弃了全部资产，回到了祖国。因此，他们变得很穷。兄弟们都不能不很早地各谋生计。

他父亲是丘逢甲的好友，一位仁人志士，在台湾独立时代，尽了很多的力量，写着不少慷慨激昂的诗。地山后来在北平印出了一本诗集。他有一次游台湾，带了几十本诗集去，预备送给他的好些父执，但在海关上，被日本人全部没收了。他们不允许这诗集流入台湾。

地山结婚得很早。生有一个女孩子后，他的夫人便亡故。她葬在静安寺的坟场里。地山常常一清早便出去，独自到了那坟地上，在她坟前，默默地站着，不时地带着鲜花去。过了很久，他方才续弦，又生了几个儿女。

他在燕大毕业后，他们要叫他到美国去留学，但他却到了牛津。他学的是比较宗教学。在牛津毕业后，他便回到燕大教书。他写了不少关于宗教的著作：他写着一部《中国道教史》，可惜不曾全部完成。他编过一部《大藏经索引》。这些，都是扛鼎之作，别的人不肯费大力从事的。

茅盾和我编《小说月报》的时候，他写了好些小说，像《换巢鸾凤》之类，风格异常的别致。他又写了一本《无从投递的邮件》，那是真实的一部伟大的书，可惜知道的人不多。

最后，他到香港大学教书，在那里住了好几年，直到他死。他在港大，主持中文讲座，地位很高，是在"绅士"之列的。在法律上有什么中文解释上的争执，都要由他来下判断。他在这时期，帮助了很多朋友。他提倡中文拉丁化运动，他写了好些论文，这些，都是他从前所不曾从事过的。他得到广大的青年们的拥护。他常常参加座谈会，常常出去讲演。他素来有心脏病，但病状并不显著，他自己也并不留意静养。

有一天，他开会后回家，觉得很疲倦，汗出得很多，体力支持不住，便移到山中休养着。便在午夜，病情太坏，没等到天亮，他便死了。正当祖国最需要他的时候，正当他为祖国努力奋斗的时候，病魔却夺了他去。这损失是属于国家民族的，这悲伤是属于全国国民们的。

他在香港，我个人也受过他不少帮助。我为国家买了很多的善本书，为了上海不安全，便寄到香港去；曾经和别的人商量过，他们都不肯负这责任，不肯收受，但和地山一通信，他却立刻答应了下来。所以，三千多部的元明本书，抄校本书，都是寄到港大图书馆，由他收下的。这些书，是国家的无价之宝；虽然在日本人陷香港时曾被他们全部取走，而现在又在日本发现，全部要取回来，但那时如果仍放在上海，其命运恐怕要更劣于此。——也许要散失了，被抢得无影无踪了。这种勇敢负责的行为，保存民族文化的功绩，不仅我个人感激他而已！

他名赞堃，写小说的时候，常用落华生的笔名。"不见落华生么？花不美丽，但结的实却用处很大，很有益"，当我问他取这笔名之意时，他答道。

他的一生都是有益于人的；见到他便是一种愉快。他胸中没有城府。他喜欢谈话。他的话都是很有风趣的，很愉快的。老舍和他都是健谈的。他们俩曾经站在伦敦的街头，谈个三四个钟点，把别的约会都忘掉。我们聚谈的时候，也往往消磨掉整个黄昏，整个晚上而忘记了时间。

他喜欢做人家所不做的事。他收集了不少小古董，因为他没有多余的钱买珍贵的古物。他在北平时，常常到后门去搜集别人所不注意的东西。他有一尊元朝的木雕像，绝为隽秀，又有元代的壁画碎片几方，古朴有力。他曾经搜罗了不少"压胜钱"，预备做一部压胜钱谱，抗战后，不知这些宝物是否还保存无恙。他要研究中国服装史，这工作到今日还没有人做。为了要知道"纽扣"的起源，他细心地在查古画像、古雕刻和其他许多有关的资料。他买到了不少摊头上鲜有人过问的"喜神像"，还得到很多玻璃的画片。这些，都是与这工作有关的。可惜牵于他故，牵于财力、时力，这伟大的工作，竟不能完成。

我为中国版画史的时候，他很鼓励我。可惜这工作只做了一半，也困于财力而未能完工。我终要将这工作完成的，然而地山却永远见不到它的全部了！

他心境似乎一直很愉快，对人总是很高兴的样子。我没有见他疾言厉色过；即遇怫意的事，他似乎也没有生过气。然而当神圣的抗战一开始，他便挺身出来，献身给祖国，为抗战做着应该做的工作。

抗战使这位在研究室中静静地工作着的学者，变为一位勇猛的斗士。

他的死亡，使香港方面的抗战阵容失色了。他没有见到胜利而死，这不幸岂仅是他个人的而已！

他如果还健在，他一定会更勇猛地为和平建国，民主自由而工作着的。

失去了他，不仅是失去了一位真挚而有益的好友，而且是，失去了一位最坚贞，最有见地，最勇敢的同道的人。我的哀悼实在不仅是个人的友情的感伤！

哭佩弦

从抗战以来，接连地有好几位少年时候的朋友去世了。哭地山、哭六逸、哭济之，想不到如今又哭佩弦了。在朋友们中，佩弦的身体算是很结实的。矮矮的个子，方而微圆的脸，不怎么肥胖，但也决不瘦。一眼望过去，便是结结实实的一位学者。说话的声音，徐缓而有力，不多说废话，从不开玩笑；纯然是忠厚而笃实的君子。写信也往往是寥寥的几句，意尽而止，但遇到讨论什么问题的时候，却滔滔不绝。他的文章，也是那么的不蔓不枝，恰到好处，增加不了一句，也删节不掉一句。

他做什么事都负责到底。他的《背影》，就可作为他自己的一个描写。他的家庭负担不轻，但他全力地负担着，不叹一句苦。他教了三十多年的书，在南方各地教，在北平教；在中学里教，在大学里教。他从来不肯马马虎虎地教过去，每上一堂课，在他是一件大事。尽管教得很熟的教材，但他在上课之前，还须仔细地预备着。一边走上课堂，一边还是十分的紧张。记得在清华大学的时候，有一次我在他办公室里坐着，见他紧张地在翻书。我问道：
"下一点钟有课么？"

"有的！"他说道，"总得要看看。"

像这样负责的教员，恐怕是不多见的。他写文章时，也是以这样的态度来写。写得很慢，改了又改，决不肯草率地拿出去发表。我上半年为《文艺复兴》的《中国文学研究》号向他要稿子，他寄了一篇《好与巧》来；这是一篇结实而用力之作。但过了几天，他又来了一封快信，说，还要修改一下，要我把原稿寄回给他。我寄了回去。不久，修改的稿子来了，增加了不少有力的例证。他就是那么不肯马马虎虎地过下去的！

他的主张，向来是老成持重的。

将近二十年了，我们同在北平。有一天，在燕京大学南大地一位友人处晚餐，我们热烈地辩论着"中国字"是不是艺术的问题。向来总是"书画"同称，我却反对这个传统的观念。大家提出了许多意见。有的说，艺术是有个性的；中国字有个性，所以是艺术。又有的说，中国字有组织，有变化，极富于美术的标准。我却极力地反对着他们的主张。我说，中国字有个性，难道别国的字便表现不出个性了么？要说写得美，那么，梵文和蒙古文写得也是十分匀美的。这样的辩论，当然不会有结果的。

临走的时候，有一位朋友还说，他要编一部《中国艺术史》，一定要把中国书法的一部门放进去。我说。如果把"书"也和

"画"同样地并列在艺术史里，那么，这部艺术史一定不成其为艺术史的。

当时，有十二个人在座，九个人都反对我的意见，只有冯芝生和我意见全同，佩弦一声也不言语。我问道："佩弦，你的主张怎样呢！"

他郑重地说道："我算是半个赞成的吧。说起来，字的确是不应该成为美术。不过，中国的书法，也有他长久的传统的历史。所以，我只赞成一半。"

这场辩论，我至今还鲜明地在眼前。但老成持重，一半和我同调的佩弦却已不在人间，不能再参加那么热烈的争论了。

这样的一位结结实实的人，怎么会刚过五十便去世了呢？——我说"结结实实"，这是我十多年前的印象。在抗战中。我们便没有见过。在抗战中，他从北平随了学校撤退到后方。他跟着学生徒步跑，跑到长沙，又跑到昆明。还照料着学校图书馆里搬出来的几千箱的书籍。这一次的长征，也许使他结结实实的身体开始受了伤。

在昆明联大的时候，他的生活很苦。他的夫人和孩子们都不能在身边，为了经济的拮据，只能让他们住在成都。听说，食米的恶劣，使他开始有了胃病。他是一位有名的衣履不周的教授之一。冬天，没有大衣，把马夫用的毡子裹在身上，就作为大衣；而在夜里，这一条毡子便又作为棉被用。

有人来说，佩弦瘦了，头上也有了白发。我没有想象到佩弦瘦到什么样子；我的印象中，他始终是一位结结实实的矮个子。胜利以后，大家都复员了，应该可以见到。但他为了经济的关系，径从内地到北平去，并没有经过南方。我始终没有见到瘦了后的佩弦。

在北平，他还是过得很苦，他并没有松下一口气来。

暑假后，是他应该休假的一年。我们都盼望他能够到南边来游一趟，谁知道在假期里他便一瞑不视了呢？我永远不会再有机会见到瘦了后的佩弦！

佩弦虽然在胜利三年后去世，其实他是为抗战而牺牲者之一。那么结结实实的身体，如果不经过抗战的这一个阶段的至窘极苦的生活，他怎么会瘦弱了下去而死了呢？他的致死的病是胃溃疡与肾脏炎，积年的吃了多沙粒和稗子的配给米，是主要的原因。积年的缺乏营养与过度的工作，使他一病便不起。尽管有许多人发了国难财、胜利财，乃至汉奸们也发了财而逍遥法外，许多瘦子都变成了肥头大脸的胖子，但像佩弦那样的文人、学者与教授，却只是天天地瘦下去，以至于病倒而死。就在胜利后，他们过的还是那么苦难的日子与可悲愤的生活。

在这个悲愤苦难的时代，连老成持重的佩弦，也会是充满了悲愤的。在报纸上，见到有佩弦签名的有意义的宣言不少。他曾经对他的学生们说，"给我以时间，我要慢慢地学"，他在走上一条新的路上来了。可惜的是，他正在走着，他的旧伤痕却使他倒了下去。

　　他花了整整一年工夫，编成《闻一多全集》。他既担任着这一个工作，他便勤勤恳恳地专心一志地负责到底地做着。《闻一多全集》的能够出版，他的力量是最大的；他所费的时间也最多。我们读到他的《闻一多全集》的序，对于他的"不负死友"的精神，该怎样地感动！

　　地山刚刚走上一条新的路，便死了；如今佩弦又是这样。过了中年的人要蜕变是不容易的。而过了中年的人经过了这十多年的折磨之后，又是多么脆弱啊！佩弦的死，不仅是朋友们该失声痛哭，哭这位忠厚笃实的好友的损失，而且也是中国的一个重大的损失，损失了那么一位认真而诚恳的教师、学者与文人！

回过头去

——献给上海的诸友

回过头去，你将望见那些向来不曾留恋过的境地，那些以前曾匆匆地吞嚼过的美味，那些使你低徊不已的情怀，以及一切一切；回过头去，你便如立在名山之最高峰，将一段一段所经历的胜迹及来路都一一重新加以检点、温记；你将永忘不了那蜿蜒于山谷间的小径，衬托着夕阳而愈幽情，你将永忘不了那满盈盈的绿水，望下去宛如一盆盛着绿藻金鱼的晶缸，你将忘不了那金黄色的寺观之屋顶、塔尖，它们耸峙于柔黄的日光中，隐若使你忆记那屋盖下面的伟大的种种名迹。尤其在异乡的客子，当着凄凄寒雨，敲窗若泣之际，或途中的游士，孤身寄迹于舟车，离愁填满胸怀而无可告诉之际，最会回过头去。

如今是轮到我回过头去的份儿了。

孤舟——舟是不小，比之于大洋，却是一叶之于大江而已——奔驰于印度洋上，有的是墨蓝的海水，海水，海水，还有那半重浊、半晴明的天空；船头上下地簸动着，便如那天空在动荡；水与天接处的圆也有韵律地一上一下移动。第一天，第二天，第三天，一直是如此。没有片帆，没有一缕的轮烟，没有半节的地影，便连前几天在中国海常见的孤峙水中的小岛也没有。呵，我们是在大海洋中，是在大海洋的中央了。我开始对于海有些厌倦了，那海是如此单调的东西。我坐在甲板上，船栏外便是那墨蓝色的海水，海水，海水。勉强地闭了两眼，一张眼便又看见那墨蓝色的海水，海水，海水。我不愿看见，但它永远是送上眼来。到舱中躺下，舱洞外，又是那奔腾而过的墨蓝色的海水，海水，海水。闭了眼，没用！在上海，春夏之交，天天渴望着有一场舒适的午睡。工作日不敢睡；可爱的星期日要预备设法享用了它，不忍睡。于是，终于不曾有过一次舒适的午睡。现在，在海上、在舟中，厌倦、无聊、无工作，要午睡多么久都不成问题，然而奇怪！闭了眼，没用！脸向内，向外，朝天花板，埋在枕下，都没用！我不能入睡。舱洞外的日光，映着海波而反照入天花板上，一摇一闪，宛如浓荫下树枝被风吹动时的日光。永久是那样的有韵律地一摇一闪。船是那样的簸动，床垫是如有人向上顶又往下拉似的起伏着；还是甲板上是最舒适的所在。不得已又上了甲板。甲板上有我的躺椅。我上去了见一个军官已占着它，说了声Pardon，他便立起来走开，让我坐下了。前面船栏外是那墨蓝色的海水，海水，海水，左右尽是些异邦之音，在高谈，在絮语，在调情，在取笑，面前，时时并肩走过几对的军官，又是有韵律似的一来一往地走过面前，好似肚内装了法条的小儿玩具，一点也不变动，一点也不肯改换它们的路径、方向、步法。这些机械的无聊的散步者，又使我生了如厌倦那深蓝色的海水，海水，海水似的厌倦。

一切是那样的无生趣，无变化。

往昔，我常以日子过得太快而暗自心惊，一个星期，一个星期，如白鼠在笼中踏转轮似的那么快地飞过去。如今那下午，那黄昏，是如何地难消磨呀！铛铛铛，打了报时钟之后，等待第二次的报时钟的铛铛铛，是如何的悠久呀！如今是一时一刻地挨日子过，如今是强迫着过那有韵律的无变化的生活，强迫着见那一切无生趣无变动的人与物。

在这样的无聊赖中，能不回过头去望着过去么？

呵，呵，那么生动，那么有趣的过去。

长脸人的愈之面色焦黄，手指与唇边都因终日香烟不离而形成了洗涤不去的垢黄色，这曾使法租界的侦探误认他为烟犯而险遭拘捕，又加之以两劈疏朗朗的往下堕的胡子，益成了他的使人难忘的特征。我是最要和他打趣的。他那样的无抵抗的态度呀！

伯祥，圆脸而老成的军师，永远是我们的顾问；他那谈话与手势曾迷惑了我们的全体与无数的学生；只有我是常向他取笑的，往往的"伯翁这样""伯翁那样"地说着，笑着；他总是淡然地说道："伯翁就是那样好了。"只有圣陶和颉刚是常和他争论的，往往争论得面红耳热。

予同，我们同伴中的翩翩少年；春二三月，穿了那件湖色的纺绸长衫，头发新理过，又香又光亮，和风吹着他那件绸衫，风度是多么清俊呀！假如站在水涯，临流自照，能不顾影自怜！可惜闸北没有一条清莹的河流。

圣陶，是一个美秀的男性；那长到耳边的胡子如不剃去，却活是一个林长民——当然较他漂亮——剃了，却回复了他的少年，湖色的夹绸衫：漂亮——青缎马褂，毕恭毕敬的举止，唯唯诺诺若无成见的谦抑态度，每个人见了都要疑心他是一个"老学究"。谁也料不到他是意志极坚强的人。这使他老年了不少，这使他受了许多人的敬重。

东华，那瘦削的青年，是我们当中的最豪迈者。今天他穿着最漂亮的一身冬衣，明天却换了又旧又破的夹衣，冻得索索抖：无疑地，他的冬衣是进了质库。他常失踪了一二天，然后又埋了头坐在书桌上写译东西，连午饭也可以不吃，晚间可以写到明天三四点钟。他可以拿那样辛苦得来的金钱，一掷千金无悔。我们都没有他那样的勇气与无思虑。

调孚，他的矮身材，一见了便使人不会忘记。他向不放纵，酒也不喝，一放工便回家；他总是有条有理地工作着，也不诉苦也不夸扬。但有时，他也似乎很懒，有人拿东西请他填写，那是很重要的，他却一搁数月，直到了事变了三四次，他却始终未填！我猜想，他在家庭里是一个太好的父亲了。

石岑，我想到他的头上脸上的白斑点，不知现在已否退去或还在扩大它的领土。他第一次见人，永远是恳恳切切的，使人沉醉在他的无比的好意中。有时却也曾显出他的斩决严厉的态度，我曾见他好几次吩咐门房说，有某人找他，只说他不在。他的谈话，是伯翁的对手。他曾将他的恋爱故事，由上海直说到镇江，由夜间十一时直说到第二天天色微明，这是一个不能忘记的一夜，圣陶、伯翁他们都感到深切的趣味。还有，他的耳朵会动，如猫狗兔似的，他曾因此引动了好几百个学生听讲的趣味。

还有，镇静而多计谋的雁冰，易羞善怒若小女子的仲云，他们可惜都在中国的中央，我们有半年以上不见了。

还有，声带尖锐的雪村老板，老干事故的乃乾，渴想放荡的锦晖，宣传人道主义的圣人傅彦长，还有许多许多——时刻在念的不能一一写出来的朋友们。

这些朋友一个个都若在我面前现出。

有人写信来问我说："你们的生活是闭户著书，目不窥园呢，还是天天卡尔登，夜夜安乐宫呢？"很抱歉的，我那时没有回答他。

说到我们的生活，真是稳定而无奇趣，我们几乎是不住在上海似的，固然不能说我们目不窥园——因为涵芬楼前就有一个小园子，我们曾常常去散散步——然而天天卡尔登的福气，我们可真还不曾享着。在我们的群中，还算是我，是一个常常跑到街上的人，一个星期中，总有两三个黄昏是在外面消磨过的，但却不是在什么卡尔登、安乐宫。有什么好影片子，便和君箴同到附近影戏院中去看，偶然也一个人去，远处的电影院便很少能使我们光顾了——

"今天Apollo的片子不坏，圣陶，你去么？"

"不，今天不去。"

"又要等到礼拜天才去么？"

他点点头。他们都是如此，几乎非礼拜天是不出闸北的。

除了喝酒，别的似乎不能打动圣陶和伯祥破例到"上海"去一次。

"今天喝酒去么？"

他们迟疑着。

"伯翁，去吧！去吧！"我半恳求地说。

"好的，先回家去告诉一声。"伯祥微笑地说，"大约你夫人又出去打牌了，所以你又来拉我们了。"我没有话好说，只是笑着。

"那么，走好了，愈之去不去？去问一声看。"圣陶说。

愈之虽不喝酒——他真是滴酒不入口的；他自己说，有一次在吃某亲眷的喜酒时，因为被人强灌了两杯酒，竟至昏倒地上，不省人事了半天。我们怕他昏倒，所以不敢勉强他喝酒——然而我们却很高兴邀他去，他也很高兴同去。有时，予同也加入。于是我们便成了很热闹的一群了。

那酒店——不是言茂源便是高长兴——总是在四马路的中段，那一段路也便是旧书铺的集中地。未入酒店之前，我总要在这些书铺里张张望望好一会儿。这是圣陶所最不高兴而伯祥、愈之所淡然的，我不愿意以一人而牵累了大家的行动，只得怅然地匆匆地出了铺门，有时竟至于望门不入。

我们要了几壶"本色"或"京庄"，大约是"本色"为多。每人面前一壶。这酒店是以卖酒为主的，下酒的菜并不多。我们一边吃，一边要菜。即平常不大肯入口的蚕豆、毛豆在这时也觉得很有味。那琥珀色的"京庄"，那象牙色的"本色"，倾注在白瓷里的茶杯中，如一道金水；那微涩而适口的味儿，每使人沉醉而不自觉。圣陶、伯祥是保守着他们日常饮酒的习惯，一小口一小口，从容地喝着。但偶然也肯被迫地一口喝下了一大杯。我起初总喜欢豪饮，后来见了他们的一小口一小口地可以喝多量而不醉，便也渐渐地跟从了他们。每人大约不过是二三壶，便陶然有些酒意了。我们的闲谈源源不绝；那真是闲谈，一点也没有目的，一点也无顾忌。尽有说了好几次的话了，还不以为陈旧而无妨再说一次，我却总以愈之为目的而打趣他，他无法可以抵抗；"随他去说好了，就是这样也不要紧。"他往往地这样说。呵，我真思念他。假定他也同行，我们的这次旅游，便没有这样孤寂了！我说话往往得罪人，在生人堆里总强制着不敢多开口，只有在我们的群里是无话不谈，是尽心尽意而倾谈着，说错了不要紧，谁也不会见怪的，谁也不会肆无忌惮的。呵，如今我与他们是远隔着千里万里了；孤孤踽踽，时刻要留意自己的语言，何时再能有那样无顾忌的畅谈呀！

我们尽了二三壶酒，时间是八九点钟了，我们不敢久停留，于是大家便都有归意。又经过了书铺，我又想去看看，然而碍着他们，总是不进门的时候居多。不知怎样的，我竟是如此的"积习难忘"呀。

有几次独自出门，酒是没有兴致独自喝着，却肆意地在那几家旧书铺里东翻翻西挑挑。我买书不大讲价，有时买得很贵，然因此倒颇有些好书留给我。有时走遍了那几家而一无所得；懊丧没趣而归，有时却于无意得到那寻找已久的东西，那时便如拾到一件至宝，心中充满了喜悦。往往地，独自地到了一家菜馆，以杯酒自劳，一边吃着，一边翻翻看看那得到的书籍。如果有什么忧愁，如果那一天是曾碰着了不如意的事，当在这时，却是忘得一干二净，心中有的只是"满足"。

呵，有书癖者，一切有某某癖者，是有福了！

我尝自恨没有过过上海生活；有一次，亡友梦良、六儿经过上海，我们在吉升栈谈了一夜。天将明时六儿要了三碗白糖粥来吃。那甜美的粥呀，滑过舌头，滑下喉口，是多么爽美，至今使我还忘不了它。去年的阴历新年，我因过年时曾于无意中多剩下些钱，便约了好些朋友畅谈了一二天、一二夜；曾有一夜，喝了酒后，借了予同、锦晖、彦长他们到卡尔登舞场去一次，看那些翩翩的一对对舞侣，看那天花板上一明一亮的天空星月的象征，也颇为之移情。那一夜直至明早二时方归家。再有一夜，约了十几个人，在一品香借了一间房子聚谈；无目的地谈着，谈着，谈着，一直到了第二天早晨。再有一次是在惠中。心南先生第二天对我说："我昨夜到惠中去找朋友，见客牌上有你的名字，究竟是不是你？"

"是的，是我们几个朋友在那里闲谈。"

他觉得有些诧异。

地山回国时，我们又在一品香谈了一夜。彦长、予同、六逸，还有好些人，我们谈得真高兴，那高朗的语声也许曾惊扰了邻人的梦，那是我们很抱歉的！我们曾听见他们的低语，他们着了拖鞋而起来灭电灯。当然，他们是听得见我们的谈话的。

除了偶然的几次短旅行，我和君箴从没有分离过一夜；这几夜呀，为了不能自制的谈兴却冷落了她！

六逸，一个胖子，不大说话的，乃是我最早的邻居之一；看他肌肉那么盛满，却是常常地伤风。自从他结婚以后，却不和我们在一处了。找他出来谈一次，是好不容易呀。

我们的"上海"生活不过是如此的平淡无奇，我的回忆不过是如此的平淡无奇。然而回过头去，我不禁怅然了！一个个的可恋念的旧友，一次次的忘不了的称心称意的谈话，即今细念着、细味着，也还可以暂忘了那抬头即见的墨蓝色的海水，海水，海水呢。

漫步书林

书林是一个最可逛，

最应该逛的地方，

景色无边，奇妙无穷。

谈读书

死读书便会成了书呆子，成为教条主义者，也可能会成为四体不勤、五谷不分的废物。所以善读书者，必须深入社会生活里，深入斗争生活里，取得活的知识，使自己成为博古通今的有用、有益的人。但单凭经验办事，也有危险之处，容易流于故步自封，容易陷于主观主义。有了丰富的斗争经验的人，再加上有理论的修养，并博览群书，吸取古今人的更广泛、更复杂的知识，那么，对于繁赜的事务便可应付裕如了。

多读书，常读书，总有好处。不必"手不释卷"，但不可"目不窥书"。古语云："开卷有益。"这是的的确确的话。常是绝早地起来，曙光刚红，晨露未晞，院子里的空气，清鲜极了，在书房里翻开一两本书看看，就会有些道理或获得些不易得到的知识。譬如，有一天清早，偶然翻翻《格致丛书》本的汉应劭著的《风俗通义》（卷六），看到"批把"二字。应劭说道："谨按此近世乐家所作，不知谁也。以手批把，因以为名。长三尺五寸，法天地人与五行。四弦，象四时。"

这明明说的是今日的琵琶。我们总以为琵琶是外来的乐器之一，而且似乎到了唐朝才有。想不到在东汉的时候已经有了，而且字作"批把"。虽然这一则话，在类书里，像《图书集成》，也引用过，但似乎总没在应劭原书里读到的那么感到亲切有味。又像，少时读到苏曼殊诗，有"春雨楼头尺八箫"句，总以为"尺八"乃是日本的箫名。的确，日本人到今天还爱吹"尺八"。后读明杨升庵（慎）的考证，才知道"尺八"乃是中国的古代管乐之一，不过到了后代失传了而已。我们"礼失而求诸野"的东西不知道有多少。一面在书本里好好寻找，好好研讨，一面还可在友好的邻邦里，得到不少活的材料。在今天研究学问，确是有"得天独厚"之感。只怕你不用功；但要用功便没有不能成功的学问。

漫步书林（节选）

在路上走着，远远地望见一座绿荫沉沉的森林，就是一个喜悦，就会不自禁地走入这座森林里，在那里漫步一会儿，仅仅是一会儿，不管是朝暾初升的时候也好，是老蝉乱鸣的中午也好，是树影、人影都被夕阳映照得长长地拖在地上的当儿也好，都会使我们有清新的感觉。那细碎的鸟声，那软毯子似的落叶，那树荫下的阴凉味儿，那在枝头上游戏够了，又穿过树叶儿斑斑点点地跳落在地上的太阳光，几乎无不像在呼唤着我们要在那里流连一会儿。就是地上的蚂蚁们的如何出猎，如何捕获巨大的俘虏物，如何把巨大的虫拖进小小的蚁穴等等的活动，如果要仔仔细细地玩赏或观察一下的话，也足够消磨你半小时乃至一小时的工夫。

从前的念书人把"目不窥园"当作美德，那就是说，一劲儿关在书房里念书，连后花园也不肯去散步一会儿的意思。如今的学生们不同了。除掉大雪天或下大雨的时候，他们在屋里是关不住的了。三三两两地都带了书本子或笔记本子到校园里、操场上，或者公园里去念。我看了他们，就不自禁有一股子的高兴。我自己在三四十年前就是这样地带了书本子或带了将要出版的书刊的校样到公园里工作的。

可是言归正传。以上所说的只是一个"引子"的"引子"。"书中自有黄金屋"是一句鼓励念书人的老话。当然，我们如今没有人还会想到念书的目的就是去住"黄金屋"。不，我们只明白念通了书，做了各式各样的专家，其目的乃是为人民服务。在念书的过程里，也就是说，在进行研究工作的过程里，在从事这种劳动的当儿，研究工作的本身就会令人感染到无限喜悦的。——当然必须要经过摸索的流汗的辛苦阶段，即所谓"衣带渐宽终不悔，为伊消得人憔悴"的阶段。在书林里漫步一会儿，至少是不会比在绿荫沉沉的森林里漫步一会儿所得为少的。

书林里所能够吸引人的东西，实在太多了，绝不会比森林里少。只怕你不进去，一进去，准会被它迷住，走不开去。譬如你在书架上抽下一本《水浒传》来，从洪太尉进香念起，直念到王进受屈，私走延安府，以至鲁提辖拳打镇关西，林教头风雪山神庙，你舍得放下这本书么？念《红楼梦》念得饭也吃不下去，念到深夜不睡的人是不少的。有一次有好些青年艺术工作者抢着念《海鸥》，念《勇敢》，直念到第二天清晨三时，还不肯关灯。结果，只好带强迫地在午夜关上了电灯总门。有人说这些是小说书，天然地会吸引人入胜。比较硬性的东西恐怕就不会这样了。其实不然。情况还是一般。譬如我常常喜欢读些种花种果的书。偶然得到了一部《汝南圃史》，又怎肯不急急把它念完呢。从这部书里知道了王世懋有一部《学圃杂疏》，遍访未得。忽然有一天在一家古书铺里见到一部《王奉常杂著》，翻了一翻，其中就有《学圃杂疏》，而且是三卷的足本（《宝颜堂秘笈》本只有一卷），连忙挟之而归，在灯下就把它读毕，所得不少。有一个朋友喜欢逛旧书铺，一逛就是几个钟头，不管有用没用，临了总是抱了一大包旧书回去。有时买了有插图的西班牙文的《吉呵德先生传》，精致的德文本的《席勒全集》，尽管他看不太懂西班牙文或德文，但他把它们摆在书架上望望，也觉得有说不出的喜悦。有的专家们，收集了几屋子的旧书、旧杂志，未见得每本都念过，但只翻翻目录，也就胸中有数，得益匪浅。有时"踏破铁鞋无觅处"的东西，就在这一翻时"得来全不费工夫"。宋人的词有道："众里寻他千百度，蓦然回首，那人却在灯火阑珊处。"这样的境界在漫步书林时是经常地会遇到的。

书林是一个最可逛，最应该逛的地方，景色无边，奇妙无穷。不问年轻年老的，不问是不是一个专家，只要他（或她）走进了这一座景色迷人的书林里去，只要他在那里漫步一会儿，准保他会不断地到那儿去的，而每一次的漫步也准保会或多或少地有收获的。

谈买书

买"书"不是一件简单、容易的事，也不是派某某总务科的工作人员，出去到书店里跑一趟就能解决问题的。买"书"是要花费一些功夫的，是要有些经验的。就个人说来，在书店里东张西望，东挑西选，其本身就有无穷乐趣。到布店里买花布，还得东挑西拣，何况乎买"书"。"书"是多种多样的，花色最为复杂。有中文书，有外文书。中文书里又分新书、旧书、古书，平装书、线装书；文艺书、科学书、经书、子书和史部书、集部书等。外文书的门类更为繁多了，除了文字的不同，像俄文、法文、英文、日文等之外，又除了大批的文艺作品之外，单是自然科学一类，就有无数的专门项目，非搞这一行的专家来挑选，是连"书名"都不会弄得明白的。买外文杂志，更为麻烦，也必须经过专家的指定，方才可去订阅。否则花了大价钱，买了回来，"张冠李戴"，全无用处，未免要一场懊丧。国家的外汇不应该花得这样冤枉！

且说，自从提倡向科学进军以来，各个学术研究机关，各个大专科学校，都在大量地添购新书，特别是新成立或将要成立的研究机构和学校，买"书"更为积极。他们常派了专人到北京和上海来买"书"。来一趟，总是满载而归。不要说新书了，就是古、旧书也有"供不应求"之概。一家古书店印出了一册书目，不到几天，书目里的古书，不论好版、坏版，明版、清版，全都一扫而空。有若干种书，仅只有一部的，却同时有好几个单位来要。"到底给谁好呢？"他们常常这样地迟疑着。比起去年"门可罗雀"的情况来，真有天渊之别。现在看看他们几家老铺子的书架上，陈年老古董已经出脱得差不多了。架上渐渐地空虚起来。他们有些着急。"来源"问题怎么解决呢？而买的人还是源源而来，而且气魄来得大。

"你们这里一共有多少书？"一个外来的顾客向刚开张三天的上海古籍书店里的人问道。

"有十五万册上下。"

"这十五万册书。我全要！请在几天之内就开好书单，我好付款。"这家店里的许多伙计，乃至经理等，全给他吓唬住了。只开张了三天，而"书"全卖空了，以后将怎么维持下去呢？而这一大笔买卖又难于推却。怎么办呢？大费踌躇。下文不知如何？好像是不曾成交，而被他们用婉辞给挡回去了。否则，那家"古籍书店"不会到今天还开张着。这位黑旋风式的顾客，可谓勇敢无比，大胆之至的了。在那十五万册古书里，有多少复本书，有多少没用的书，有多少种的书，非对某种科目特别有研究的某些专家是根本上用不着的，甚至也不会看得懂的，他却不管三七二十一，一股脑儿"包买"了下来。前几年，有过这么一回事。每到年底，某某机关或某某大学，购书的经费有剩余，就派人到新华书店，不管有用没用，每部买个一本到三本。"我全要！"如闻其慷慨之声。更干脆的是："替我配个三万元的书！"于是，每年在新华书店积压不销的书，至此乃出清一大部分。听说，上述的那位顾客是替一个正在筹备中的大学买"书"的。而那个大学在开头几年之内，还只办"理科"，没有"文科"。那么，买这十五万册古书何用？是为了"未雨绸缪"，生怕以后买不到？

又是一个笑话。一个买主到了上海来薰阁，看见一堵墙面的几个书架上还满满地堆满了古书，就问道："这些架上都是些什么书？"

"是集部书。"

"是集部书，我全要！"口气好大！也不知后来究竟成交了没有。

中国科学院图书馆馆长陶孟和先生告诉我：有某一个设在外省的研究所，派人拿了好几册国际书店印的外文杂志目录，要求图书馆替他们全部预订一份。如闻其声："我全要！"但全部是三千多种呢！门类复杂得很，也有些只是"年报"或"会务报告"性质的东西，买了来，根本没用。陶先生翻了翻，就把他给顶回去了。

"要好好地挑选一下，不能全买！"

这个态度是对的。要有一个"关口"，审查一下那些乱花钱、乱买"书"的莽汉们的所作所为方是。否则，笑话还要层出不穷。闹笑话倒不打紧，损失国家有用的资金，积压应该供给别的专家们的研究的资料，那才不是"小事"呢。

我建议：如果要买"书"，书目非由"专家"开出不可。各研究单位或大学图书馆的人员，只是综合了各位"专家"所开的单子去"买"书而已。就是公共图书馆也应该时时请教当地的专家们，了解他们的需要，再动手"买"。

没有拿"书单子"而来买大批"书"的人，不论新古书店或国际书店，均可以有权给他们顶回去。

"要买什么，请拿书单子来！"

开得出"书单子"来的，那便是一位专家，或至少是一位接近于"专家"的颇有道理的、有些专门修养的人了。

烧书记

我们的历史上，有了好几次的大规模的"烧书"之举。秦始皇帝统一六国后，便来了一次烧书。"史官非《秦纪》，皆烧之。非博士官所职，天下敢有藏'诗''书'百家语者，悉诣守尉杂烧之。有敢偶语'诗''书'者弃市。以古非今者族。吏见知不举者与同罪。令下三十日，不烧，黥为城旦。所不去者，医药卜筮种树之书，若欲有学法令，以吏为师。"这是最彻底的烧书，最彻底的愚民之计，和一般殖民地政府，不设立大学而只开设些职业、工艺学校者，有异曲同工之妙。此后，烧书的事，无代无之。有的烧历史文献，以泯篡夺之迹；有的烧佛教、道教的书，以谋宗教上的统一；有的烧淫秽的书，以维持道德的纯洁。近三百年，则有清代诸帝的大举烧书。我们读了好几本的所谓"全毁""抽毁"书目，不禁凛然生畏；至今尚觉得在异族铁蹄下的文化生活的如何窒塞难堪！

"八一三"后，古书、新书之被毁于兵火之劫者多矣。就我个人而论，我寄藏于虹口开明书店里的一百多箱古书，就在八月十四日那一天被烧，烧得片纸不存，我看见东边的天空，有紫黑色的烟云在突突地向上升，升得很高很高，然后随风而四散，随风而淡薄，被烧的东西的焦渣，到处地飘坠。其中就有许多有字迹的焦纸片。我曾经在天井里拾到好几张，一触手便粉碎；但还可以辨识得出些字迹，大约是教科书之类居多。我想，我的书能否捡得到一二张烧焦了的呢？——那时，我已经知道开明书店被烧的情形——当然，这想头是很可笑的。就捡得到了又有什么意义，还不是徒增忉怛与愤激么？

这是兵火之劫，未被劫的还安全地被保存着，所遭劫的还只是些不幸的一二隅之地。但到了"一二·八"敌兵占领了旧租界后，那情形却大是不同了。

我们听到要按家搜查的消息，听到为了一二本书报而逮捕人的消息，还听到无数的可怖的怪事、奇事、惨事。

许多人心里都很着急起来，特别是有"书"的人家。他们怕因"书"惹祸，却又舍不得割爱，又不敢卖出去——卖出去也没有人敢要。有好几个友人，天天对书发愁。

"这部书会有问题么？"

"这个杂志留下来不要紧么？"

"到底是什么该留的，什么不该留的？"

"被搜到了，有什么麻烦没有？"

各个人在互相地询问着，打听着。但有谁能够说明哪几部书是有问题的，或那些东西是可留的呢？

我那时正忙于烧毁往来有关的信件，有关的记载和许多报纸、杂志及抗日的书籍——连地图也在内。

我硬了心肠在烧。自己在壁炉里生了火，一包包，一本本，撕碎了，扔进去，眼看它们烧成了灰，一蓬蓬的黑烟从烟道里冒出来，烧焦了的纸片，飞扬到四邻，连天井里也有了不少。

心头像什么梗塞着，说不出的难过。但为了特殊的原因，我不能不如此小心。

连秋白送给我的签了名的几部俄文书，我也不能不把它们送进壁炉里去。

我觉得自己实在太残忍了！我眼圈红了不止一次，有泪水在落。是被烟熏的吧？

实在舍不得烧的许多书，却也不能不烧。踌躇又踌躇，选择又选择，有的头一天留下了，到了第二三天又狠了心把它们烧了。有的，已经烧了，心平却还在惋惜着，觉得很懊悔，不该把它们烧去。

但有了第一次淞沪战争时虹口、闸北一带的经验——有《征倭论》一类的书而被杀、被捉的人不少——自然不能不小心。对于发了狂的兽类，有什么理可讲呢！

整整地烧了三天。我翻箱倒箧地搜查着，捧了出来，动员孩子们在撕在烧。

"爸爸，这本书很好玩，留下来给我吧。"孩子们在恳求着。我难过极了！我也何尝不想留下来呢？但只好摇摇头，说道："烧了吧，下回去买好一点的书给你。"

在这时候，就有好些住在附近的朋友们在问，什么书该烧，什么书不必烧。

我没法回答他们，领了他们到壁炉边去。

"你自己看吧！我在烧着呢，但我的情形不同，你自己斟酌着办吧？"

这一场烧书的大劫，想起来还有余栗与余憾。

不烧，不是至今还无恙么？

但谁能料得到呢？

把它们设法寄藏到别的地方去吧。

但为什么要"移祸"呢？这是我所绝对不肯做的事。

这是我不能不狠心动手烧的一个原因。

但也实在有些人把自认为"不安全"的书寄藏到别人家里去的。

这还是出于自动地烧，究竟自动烧书的人还不多，大量的"违碍"的书报还储藏在许多人家里。有许多人不肯烧，不想烧，也有人不知道烧，甚至有人压根儿没有想到这件事。

过了不久，敌人的文化统制的手腕加强了。他们通过了保甲的组织，挨户按家的通知，说凡有关抗日的书籍、杂志、日报等，必须在某天以前，自动烧毁或呈缴出来。否则严惩不贷。

同时，在各书店，各图书馆，搜查抗日书报，一车车地载运而去，不知运向何方，也不知它们的运命如何。

这一次烧书的规模大极了！差不多没有一家不在忙着烧书的。他们不耐烦呈缴出去，只有出于烧之一途。最近若干年来的报纸、杂志遭劫最甚，有许多人索性把报纸、杂志全都烧毁了，免得惹起什么麻烦。外间谣传说，连包东西的报纸，上面有了什么抗日的记载，也要追究、捕捉的。

因之，旧报纸连包东西的资格也被取消了。

最可怜的是，有的朋友已经到了内地去，他们的书籍还藏在家里，或寄存在某友处。家里的人到处打听，问要紧不要紧，甚至去问保甲处的人。他们当然说要紧的，甚至还加上些恫吓的话。

于是，不分青红皂白地，他们把什么书全都付之一炬；只要是有字的，无不投到了火炉里去。

记得清初三令五申的搜求"禁书"的时候，有些藏书家的后人，为了省得惹祸，也是将全部古书整批地烧了去。

这个书劫，实在比兵、比火、比水等等大劫更大得多，更普遍而深入得多了！

这样纷扰了近一个多月，始终不曾见敌伪方面有什么正式的文告。又有人说，这是出于误会，日本人方面并没有这个意思。

于是烧书的火渐渐地又灭了、冷了，终至不再有人提起这件事。

不烧的人，忘了烧的人，特地要小心保存这类抗日文献的人，当然也有。

许多抗日文献还保存得不少，像《文汇年刊》之类，我家里便还保存着，忘记了烧。

书如何能烧得尽呢？"野火烧不尽，春风吹又生。"以烧书为统制的手法，徒见其心劳日拙而已。

但愿这种书劫，以后不再有！

何谓诗

我们试读下面的几句文字：

庭院深深深几许？杨柳堆烟，帘幕无重数。玉勒雕鞍游冶
处，楼高不见章台路。雨横风狂三月暮，门掩黄昏，无计留春
住。泪眼向花花不语，乱红飞过秋千去。

——欧阳修《蝶恋花》

试再读下面的几句文字：

宝玉默默不对。自此深悟人生情缘，各有分定，只是每每
暗伤，不知将来葬我洒泪者为谁？

——曹雪芹《红楼梦》

如果我们把这两段文字拿去，无论问什么人，只要他是识

字的，他便会立刻毫不假思索地回答道："欧阳修的几句话是'诗'，曹雪芹的几句话不是'诗'。"但如果我们再进一步而问他们道："何以欧阳修的是诗而曹雪芹的不是诗？"或是"什么叫作诗？"那么，便无论是怎样有学问的人，都很难有圆满的解释或确切的定义给我们了——即使他们经过许多时间的思索。奥古斯丁（Aurelius Augustinus）论别一件事时曾说道："如果不问，我知道，如果你问我，我不知道。"这个话用在这个场合是非常确切的。

不过诗歌的确切意义，也不是绝对不能得到。诗歌之于一般读者，如一颗红润可爱的苹果，如一泓清淳的绿湖，他们只要赏赞它的美，它的味，与它的幽穆的景色便够了，本来不必像植物学家或地理学家之必须研究到苹果树的种类与花的形状，与生长的历程，研究到绿湖的来源与去路，其他的对于那个地方人民生活的影响。但它对于文学研究者，则其色彩完全不同。文学研究者也赏赞诗歌的美，也饮啜诗歌的甘露，但同时，他却要如植物学家或地理学家研究苹果或湖水似的去研究诗歌，研究它的性质以及一切。

底下先举诸家的对于诗歌所下的定义，然后再一一加以批评，综合起来作一个较确当的"何谓诗"的答案。

华特莱（Wheatley）说"无论什么有韵的文字，都常称之为诗"。这个定义是大错的，因为诗歌的意义绝不是这样简单。如果华特莱的话是确的，那么：Thirty days has September是有韵的，它是诗么？

"天地玄黄，宇宙洪荒，日月盈昃，晨宿列张"，也是有韵的，它是诗么？

文齐斯德（Winchester）说："诗歌是那样的一种文学，它的主旨是在诉诸情绪，而且是用韵文写的。"

史特曼（Stedman）说："诗歌是有韵的想象文字，表白人类灵魂的创见趣味、思想、感情与观察的。"

这两个人的定义较华特莱已进步得多；他们知道诗歌的唯一元素绝不在有韵与否，而尚须加以别的更重要的元素。他们以为他们的定义是很周密的，因为用"有韵的"几个字，可以把诗歌从小说等文学作品分开来，同时又用"诉诸情绪"或"想象的"几个字，把诗歌从别的非文学的韵文分开来。但他们始终坚持"诗必有韵"的主张，都使他们失败了。因为，第一，在实际上，现在的"诗歌"与"韵文"两个名字，已不能联合在一起；近代散文诗的韵的成绩已被"诗必有韵"的主张翻倒。第二，文齐斯德他自己也知道，"诉诸情绪"几个字不能分别诗与小说，如果可以，那么把小说用韵文写了起来，也可以成为一篇诗了，而在实际上则绝无此事。无论用什么样的韵文来写小说之不能变为诗歌正如火之不能变为水一样的显明。第三，在别一方面，有韵的诗歌，则可译成散文，如Uyers与Lang等之译《荷马史诗》，虽把韵文译为散文却并不丧失他的原来的诗的气息。

阿里斯多德以为诗人是一个创作者。

华兹华士（Wordswhorth）以为诗是"被热情活泼地带入心理的真理"；是"一切知识的呼吸与更优美的精神"；是"强烈的感情的流泛，源于情绪，而重集于宁定之时的"。

席莱（Shelley）以为"诗是想象的表白"。

爱摩生（Emerson）以为"诗是表白事物精神的永存的努力"。

安诺尔特（Matthew Arnold）以为"诗是人生的批评，在用诗的真实与诗的美的规律来形成这样的一个批评的情形底下的"。

他们的定义，似乎也都有些含混，不能使人一见即明白诗的性质，如安诺尔特所说的"诗的真实与诗的美"，更是奇怪，因为我们在没有明白"诗的定义"以前，所谓"诗的真实与诗的美"，我们是更不能知道的。

旧的定义还有许多，但大都不出前面所举的意思以外；他们既都不甚妥切，于是我们便不能不另定一个，现在且综合他们的意思，加以补充，定一个较周密较切当的诗的定义如下：诗歌是最美丽的情绪文学的一种。它常以暗示的文句，表白人类的情思。使读者能立即引起共鸣的情绪。它的文字也许是散文的，也许是韵文的。

在这个地方，有必须加以说明的数端：

一、这个定义已把历来诗歌研究者所坚持的诗必有韵"非事实的"见解打破。

二、诗歌是最美丽的情绪文学（Emotional Literature）这"最美丽的"四个字为诗歌与别的情绪文学分别开来的一个要点。所谓"最美丽的"不必限于形式上的；文学的秀美，句法的精练，因为诗的美的一端，而内容上的想象的美，尤为必要，使我们读了，如展布了一幅湖山明媚的好景；任它是浴于光海中，或是蒙了薄雾，或是忧郁地带着雨丝风片，我们总觉得它的美。

三、"常"以"暗示的"文句表白人类的情思，这"暗示的"与"常"的几个字都有注意的必要。所谓"暗示的"便是说诗歌较之其他情绪文学更为"蕴藉"，更为"含蓄"；它的意思并不显著地说尽，却如美女之幕了一层轻纱，红楼之挂了几重帘幕，使人于想象中捉到它的美与它的内在的情思。那个"常"字，则表示并不是一切诗歌都如此！有时，有许多诗歌是直接地以熊熊的情绪的火烛照一切，而并不用"暗示"的表白的。

四、诗歌所以能立刻引起读者的情绪，是因为它"是在无论哪一个地方都是情绪的文字……"它把所有的不能存留情绪的事实与文句都删落了，所以比其他情绪的文学能更捷速地捉住读者的同情。

我想我的这个解释，似乎可使诗歌的性质比较容易为一般人所明了些。

词与词话

一、五代到宋末的时代

唐经过比较安定繁荣力量强大的时期之后，到末年逐渐衰落下来。安史乱后，变乱频繁，中央政权日趋堕落，藩镇割据，拥兵自重，自行留后承继，可达数代。诸藩镇间又互相吞并，得胜者皇帝加封，权势日大。黄巢起义进攻唐中原地区，占领长安称帝。这时藩镇甚至外族借口勤王起兵，黄巢则内部分化，到公元九〇七年，部将朱温叛变，杀帝自立，称"梁"，于是五代开始。朱温残暴不堪，专横无道，投自称清流的知识分子于浊流，知识分子分奔各地。同时各处割地自立，成十国。朱温死，传子。梁先后共十七年，至九二三年为外族李克用灭。李克用称"唐"（后唐），克用死，其子存勖继立。李存勖文雅风流，爱音乐宠伶官，政权移伶官手，终为伶官所杀。明宗在公元九三六年为部将石敬瑭所篡，称"晋"。石敬瑭起兵时借契丹兵，敬瑭死后，其子即位，欲反抗，于九四六年被契丹所灭，晋前后十一年。九四七年刘知远起兵，入长安称帝，为后汉。四年后，公元九五一年被部将郭威篡，为后周，至九六〇年灭亡。接着是柴世宗称帝，他死后，其子小，将士拥赵匡胤为帝，称"宋"。这时中央政府虽屡经更替，但地方割据仍然，石敬瑭时且曾将燕云十六州割与契丹。

赵即位后，杯酒释兵权，兵权全归中央，由近亲掌握。政权巩固后更逐渐消灭藩镇，最后灭南唐，统一中国，从公元九六〇年至一一二七年间史称北宋。此时北方的少数民族，除契丹外又有金族兴起。宋本常败于辽，到真宗时，想恢复燕云十六州，攻辽，但大败。至徽宗时，野心很大，雄才大略，有很好制度，首创养老院、官医院、药房等。文章艺术修养亦高，曾编《宣和博古图》《宣和书谱》《画谱》等。当时力量渐强，天下尚丰足，思报世仇，遂与金联系共同灭辽，收回了燕云十六州。但金要求极高，终于又逐渐南侵，占燕云十六州。徽宗退位让于子，钦宗立。金兵入开封俘徽、钦二帝，此时有很多起义兵，北方汉人亦大批南下，这时徽宗子高宗南渡，公元一一二七年在杭州（临安）称帝，史称"南宋"，至一二七九年灭亡。经一百五十二年的休整，力量渐强，又思恢复中原。金背后有银（蒙古），宋连银灭金。但是蒙古却又借此南下，公元一二七九年元兵打到广州南山，宋亡。元统一中国。南北宋共三百二十年。这三百二十年是不大太平的时期，国力弱，政策坏，经常受北方少数民族的侵扰，宋采取远交近攻的手段，结果前门去狼，后门进虎。全宋一代没出什么大政治家，而争夺政权极甚。当时对武官控制非常严，对文官则宽，在文学方面遂出现一种新的文体——词。词一向被认为离现实最远，实际上却也是能够表现现实的。

二、词的起源

词就是诗的一种体裁。有人说词是诗余，是余兴，实际不然。作词称填词，这是有道理的，因词原是唱的，带音乐，音律极广，有谱，因此词必须按谱填写。诗需吟，朗诵即可，不用配音乐，这是两者不同的地方。词来源很早，唐初武则天时即有。之后凡能入乐能唱者皆称词。词曲调极多，其来源主要由四部分合成：（一）旧调，由六朝传留下来的五、七言诗；（二）民间歌谣，如刘禹锡、白居易的《杨柳枝》《竹枝词》；（三）胡夷之曲，即外来曲调，如新疆、印度、维吾尔的歌曲，最有名的甘州、梁州的歌曲，当时流传得非常广，是与中国不同的新曲；（四）文人创作的新调。这四者结合起来称词。词至唐明皇时已很发达，传说李白的词写得很多又很好，最有名的是《菩萨蛮》《忆秦娥》各一首，但是不是李白所作现不可确定。因为那种情调是要更晚些时候（五六十年）才能产生，是属于晚唐温、李系统的。

三、"花间"词人们

唐末到五代的词人统称花间词派，当时集最好作品而成的《花间集》，于九四〇年由四川文人编成。共收十八家词近五百首。这中间第一个奠定词的基础，从原始到成熟的最大作家即温庭筠。《花间集》的作风脱离不了他的作风范围之外。他诗风同李商隐相像，有些朦胧似可解似不可解，是黄昏时的景象。这种作风后来遂变成词中很流行的作风。从这一点上说，他是可以代表花间词人的。

韦庄非四川人，但四川的词却应说是由他开始，他在中原之乱时逃到四川。他的词相当重要，作风属温派。此外和凝、孙光宪亦皆非四川人。《花间集》中还有外族，即波斯人李珣。

不在《花间集》内的大词人有李存勖（后唐庄宗），他的词情绪缠绵，潇洒漂亮，虽然收集起来只十几首，但写得都非常好。另一派最重要的词人是南唐二主（中主李璟、后主李煜），比《花间集》稍晚。当时文人为了避乱都逃到南方。生活渐渐安定，经济比较繁荣，南京除为政治中心外，同时也成为文艺中心。李璟和李煜的词收集起称南唐二主词，李后主雄才大略，字写得好，画画得好，词填得好，诗作得好，他成为当时的一个文学保护人。中主的宰相冯延巳亦大词人，有《阳春集》。这些词中多是借题发挥个人感情，采取象征比喻的方式，反映了当时社会的情况。《花间集》

作品表面看好像离现实太远，但仔细看起来其中也有许多是现实主义的。

四、北宋的词人们

北宋词在体裁和曲调方面有很大的变化和发展。花间词多小令，唐人及五代词也都是短的，到了宋初，新的音乐家、新的词人都不满意于小令，遂创慢词，后又转成大曲，集数套于一首，唱法与以前不同，重复七八遍到十遍。这在《琵琶记》中曾保存下来，在日本、朝鲜也有保存。此时词拘束少、内容广、体裁自由，很多作家都喜欢作词，故词风气很盛。由于宴会时常唱词，故词调多别离之感、伤悲之调，又唱者多为歌妓，而那时有官妓，由官管，常和官恋爱，因此词中又有恋爱情歌的发生。写这类词最著名者为柳永，他编歌极多，他的词最流行，当时有"凡有井水处，皆唱柳词"的说法。他的词不再是朦胧象征，而是直抒感情，是首先脱离花间影响的人。欧阳修在散文和诗作上虽道学气十足，在他的词中却表现出他真正的赤裸裸的感情，是充满了人情味的。苏轼作词很多，他不会唱曲，所以他的词也是不能唱的。他作风雄壮、豪爽、明朗，说尽人意，他不受曲子的限制，甚至在词中发表议论，他写景咏物词亦极佳，另外他也作政治词。他虽也学柳词，但终不掩本色。苏柳之后集北宋词之大成的为大音乐家周邦彦，他的词称《清真词》，音律精深，词律最严。北宋末期有三个不受苏柳影响不在此范围内的词人，即朱敦儒、宋徽宗和李清照。朱敦儒作《樵歌》描写田园生活。徽宗赵佶的词是言中有物的现实主义的作品，词中流露真正的深刻的亡国后的沉痛感情，但可惜留传的很少。李清照是中国文学史上最伟大的一位女词人，词作得很好，不受任何人的影响，以女主人翁的立场在词中流露出真实的情感，她的词与欧柳情调不同，写别离之情调很多，但少颠沛流离之意。

五、南宋词人们

南宋词分三期：（一）变乱时候，北方为金兵侵占，文人南迁，喘息未定，一心恢复中原，因此词中民族意识非常浓厚。岳飞的《满江红》可为代表。其次张元幹、张孝祥情感也非常激烈。其中最大词人辛弃疾，他属苏东坡豪放一派，他在词中发表政治议论，慷慨激昂，完全没有太平盛世的柔美作风。当时仿辛而夸夸其谈的为刘过，而可与辛相比的是陆游。陆词分量最多，诗亦多，词中多表现了他的沉痛生活，他生活中变化多，是南逃人共有的沉痛感情，始终念念不忘中原，他感到自己是"心在天山，身老沧洲"，词中充满了热烈的民族意识。临死还留有"王师北定中原日，家祭无忘告乃翁"的诗句。同时他的家庭生活也是很悲惨的，母亲专制，因而他的婚姻生活不圆满，被迫与妻子分离。这一方面他也写了不少的词。但到后来生活逐渐安定，许多作家忘记过去的艰难困苦的生活，于是他们的词中也就有了流连宴会之乐的作品。

（二）安于偏安，习惯了江南生活，在词上还注意格律，在字句上做功夫，因此格律严整。词人们专门描写小东西，句子要求新奇漂亮，出人头地。其中最主要有两人，即姜夔（白石）和吴文英（梦窗）。姜有《白石词》，格律非常严，随时可以唱。吴词亦然，有《梦窗词》，由于他专求文字漂亮，有时就不免庸俗，有人说吴文英的词为"七宝楼台，眩人眼目，碎拆下来，不成片段"。他曾有"何处合成愁，离人心上秋"的词句，是唐代很流行的格式，完全是一种文字游戏。另一个喜欢把句子雅饰得更精练的是史达祖，他把情景融而为一，把自然人格化了，有"做冷欺花，将烟困柳"的句子。（三）宋将亡时四大词家可作代表，即张炎（玉田）、周密（草窗）、王沂孙（碧山）、蒋捷（竹山）。他们有同一作风是工于咏物，借以寄寓忠君爱国的感情。南宋最后作家是文天祥，他的词很朴素有感情，老老实实地说出自己的痛苦，表现了国破家亡无处投身沉痛的感觉，他不仅描写了个人的情感，而且是蒙民族压迫下整个南宋的情况。

六、鼓子词与诸宫调

大曲仍较严格，离不开调曲，鼓子词则比较短，用统一的调子唱一个故事，说唱并用，完全是变文的子孙，但没有变文的气魄。鼓子词再发展成诸宫调，即由各种宫调结合起来表演讲唱一个故事。唱期长短少者十天半月，多者半年一年，分男班女班，魄力最大、组织能力很强的孔三传即诸宫调名家。《董西厢》也是主要的诸宫调。此外如《刘知远诸宫调》则是描写个人生活，甚至唐宋五代民间贫苦农民的生活，俗语应用得非常纯熟，写得很深刻。中国现在的诸宫调只有两部，一部全的是《董西厢》，一部不全的是《刘知远诸宫调》。诸宫调也是从变文中来的，神宗时即有。

七、词话（话本）

所谓话本即说话人的底本，唱的地方用词，说的地方用话，故称词话。词话也是从变文中来的，是讲唱文学的一种，诸宫调是以唱为主，而词话则是以讲为主，以唱为副。他的特点有四：（一）是讲唱的，以讲为主。（二）讲的时候用第一身称或第二身称，以对话或讲演方式讲的。（三）夹叙夹议，有很多现成人的话。（四）首有"入话"，像弹词的开篇，这是根据实际情况产生的特殊体裁，因为说书人是依靠听众的，所以他必须想尽办法吸引听众，但听众有来早晚的不齐，他不能讲正文，同时又避免冷场，所以便想出两全其美的办法，温习一遍旧故事称入话。入话写得较漂亮的如《天雨花弹词》。这四个特点一直保存到现在，宋说唱人分四家，主要有两家，现在还存在。

八、小说

小说要求短小精练，一两次就可以讲完，要能层出不穷，才能抓住听众，因此故事内容非常丰富有趣味，说新闻、时事，有声有色。《简帖和尚》《快嘴李翠莲》等都是写得很好的民间故事。新闻时事的材料有限，小说遂又讲鬼讲神。这类故事在《醒世恒言》《警世通言》等书中记载很好。据考证出于宋人之手者有二十七篇，如《闹樊楼》《沈小官》《二郎神》等。

九、讲史

讲史即讲长篇故事，其中三国最引人注意，所谓"说三分"。当时霍四究专门说三分，说得最好。五代虽只五十五年历史，但换了很多皇帝，而且去宋不远，因此讲朱温、石敬瑭、刘知远的故事也是应时的。尹常卖《五代史》，当时还有讲抗战故事的，如王六大夫说韩世忠、岳飞抗金兵的故事，名《复华篇》，长篇的有《中兴名将传》等。《大宋宣和遗事》及《五代史平话》，虽号称宋版，实则恐为元人精刻修改而成。总起来说，这时短篇小说已很发达，长篇刚刚开始。当时讲史的人最怕说小说的人，因为小说是短小的故事，很快就可以讲完，而讲史往往都需一年半载，而且必须有很好的口才才能讲长篇的东西，否则没人听，因此长篇东西发展得比较慢一些，也晚一些。